Ullstein Großdruck

Alexander Kent

Die Feuertaufe

Richard Bolitho – Fähnrich zur See

Roman

Ullstein Großdruck

Ullstein Großdruck
Lektorat: Hild Wollenhaupt
ein Ullstein Buch
Nr. 40044
im Verlag Ullstein GmbH,
Frankfurt/M – Berlin
Titel der Originalausgabe:
Richard Bolitho – Midshipman
Aus dem Englischen
von Karl H. Kosmehl

Umschlagentwurf:
Hansbernd Lindemann
unter Verwendung eines Gemäldes
von Anton Melbye »Sejlskibe«

Printed in Germany 1988
Gesamtherstellung:
Clausen & Bosse, Leck

ISBN 3 548 40044 2

September 1988

CIP-Titelaufnahme
der Deutschen Bibliothek

Kent, Alexander:
Die Feuertaufe: Richard Bolitho – Fähnrich zur See; Roman/Alexander Kent. [Aus d. Engl. von Karl H. Kosmehl]. – Frankfurt/M; Berlin: Ullstein, 1988
(Ullstein-Buch; Nr. 40044: Ullstein Großdruck)
Einheitssacht.: Richard Bolitho – midshipman <dt.>
ISBN 3-548-40044-2

NE: GT
Vw: Reeman, Douglas [Wirkl. Name]
→ Kent, Alexander

Vom selben Autor in der Reihe
der Ullstein Bücher:

Klar Schiff zum Gefecht (UB 3376)
Die Entscheidung (UB 3402)
Zerfetzte Flaggen (UB 3441)
Bruderkampf (UB 3452)
Der Piratenfürst (UB 3463)
Strandwölfe (UB 3495)
Fieber an Bord (UB 3522)
Nahkampf der Giganten (UB 3558)
Feind in Sicht (UB 20006)
Der Stolz der Flotte (UB 20014)
Eine letzte Breitseite (UB 20022)
Galeeren auf der Ostsee (UB 20072)
Kanonenfutter (UB 20144)
Kanonenboot (UB 20302)
Rendezvous im Südatlantik (UB 20318)
Duell in der Tiefe (UB 20339)
Finale mit Granaten (UB 20423)
Wrack voraus! (UB 20437)
Admiral Bolithos Erbe (UB 20485)
Die Ersten an Land, die Letzten zurück (UB 20511)
Unter stählernen Fittichen (UB 20549)
Aus der Tiefe kommen wir (UB 20574)
Der Brander (UB 20591)
Ein Schiff soll sterben (UB 20646)
Die Faust der Marine (UB 20715)
Torpedo läuft (UB 20735)
Freiwillige vor! (UB 20765)
Schnellbootpatrouille (UB 20798)
Feindpeilung steht! (UB 20857)
Der Eiserne Pirat (UB 20893)
Der junge Bolitho
Drei Romane in einem Band
Die Feuertaufe, Kanonenfutter, Strandwölfe (UB 20913)
HMS Saracen (UB 20937)
Donner unter der Kimm (UB 20973)

Kent, Alexander/Chris Mayger
Bild-Mappe (UB 20187)

Für
John und Betty
Hamilton

Inhalt

SM Linienschiff *Gorgon* 9
Kurs Afrika 32
Die *Athen* 47
»Klar Schiff zum Gefecht!« 72
Wechselndes Kriegsglück 95
Auge in Auge 112
Mr. Starkies Bericht 132
Über das Riff 147
Ehrlos 170
Ein Name, den man sich merkt 185

I SM Linienschiff *Gorgon*

Es war zwar erst um die Mittagszeit, aber die dunklen Wolken jagten so tief über den Hafen von Portsmouth hinweg, daß man hätte meinen können, es sei bereits Abend. Seit Tagen wehte ein heftiger Ostwind, und draußen an der Reede, wo die Schiffe dicht beieinander vor Anker lagen, war das Wasser kabbelig und hatte weiße Schaumkronen; und in dem ungemütlichen Regen glitzerten die schaukelnden Schiffsrümpfe und die massigen Mauern der Hafenbefestigungen wie Metall.

Direkt auf dem Portsmouth Point erhob sich der festgefügte Bau des *Blue Post's Inn*, dem weder Regen noch Wind etwas anhaben konnten. Wie alle Kneipen und Gasthäuser in geschäftigen Hafenstädten war er im Lauf der Jahre mehrfach vergrößert und umgebaut worden, aber er sah immer noch wie eine richtige Seemannskneipe aus. Allerdings wurde er mehr als von anderen Seefahrern von den jungen

Midshipmen * frequentiert, die wie Ebbe und Flut kamen und gingen; daher hatte er seine eigene Atmosphäre. Die Gaststube war niedrig und nicht besonders sauber, aber schon mehr als ein zukünftiger Admiral war durch ihre zerkratzten Türen ein- und ausgegangen.

Es war Mitte Oktober 1772, und Richard Bolitho saß eingeklemmt an einem der Tische im Speiseraum und hörte mit halbem Ohr das Stimmengewirr um ihn herum, das Geklapper der Teller und Gläser, den Regen, der an die kleinen Fenster prasselte. Die Luft war schwer von allerlei Gerüchen – Essen und Bier, Tabak und Teer, und dazu kam jedesmal, wenn sich die Türen öffneten, mit einem Chor von Flüchen und Schimpfworten ein Schwall salziger Luft hinein, der von draußen, wo die Schiffe lagen, herüberwehte.

Richard Bolitho streckte die Beine von sich und seufzte. Nach der langen und knochenbrecherischen Postkutschenfahrt von Falmouth, wo sein Elternhaus stand, und nach einer großen Portion Kaninchenpastete (ein Stammgericht des *Blue Post's Inn* für die »jungen Gentlemen«) war ihm schläfrig zu-

* Midshipmen hießen damals die Offiziersanwärter der englischen Kriegsflotte, also die Seekadetten und Fähnriche zur See, die auf den Kriegsschiffen ausgebildet wurden. Heute bezeichnet »Midshipman« die Rangstufe zwischen Naval Cadet (Seekadett) und Sub-Lieutenant (Unterleutnant); die Ausbildung findet vorwiegend an Land statt (d. Übs.).

mute. Neugierig blickte er sich nach den anderen Midshipmen in seiner unmittelbaren Nähe um. Einige waren wirklich sehr jung, praktisch noch Kinder, höchstens zwölf Jahre alt. Trotz der Reserviertheit, die in Bolithos Charakter lag, mußte er lächeln. Auch er selbst war mit zwölf Jahren als Midshipman auf sein erstes Schiff gekommen. Und wie hatte ihn das Leben bei der Flotte seither verändert! Er konnte sich kaum noch vorstellen, wie er damals gewesen war. Vermutlich nicht viel anders als einer der Knaben dort an den Tischen; und denen würde es genauso ergehen, wie es ihm damals ergangen war: ängstlich würden sie sein, eingeschüchtert von der rauhen, fast feindseligen Atmosphäre an Bord eines Kriegsschiffes, und doch irgendwie entschlossen, sich nichts anmerken zu lassen; und stets fest davon überzeugt, daß die Existenz eines Midshipman allen anderen an Bord höchst gleichgültig sei.

Vier Jahre war das her. Es war immer noch schwer, damit fertig zu werden. Vier Jahre, in denen er reif geworden war und sich von dem Schiff, das ihn umgab, hatte formen lassen. Zuerst hatte er geglaubt, er würde all das, was da von ihm verlangt und gefordert wurde, niemals lernen. Den ganzen verwirrenden Komplex von Takelung, Wanten und Rahen. Die Meilen von Tauwerk jeder Stärke und Länge, die nötig sind, um ein Schiff in Bewegung zu bringen und es zu beherrschen. Segeldrill hoch oben auf den wie trunken schwankenden Rahen in Regen und Hagel, oder wenn es so heiß war, daß er manchmal fast ohnmächtig geworden und in die Tiefe, auf das Deck unten, hinabgestürzt wäre. Er hatte die ungeschriebenen Gesetze jener Welt zwischen den Decks gelernt, die Hierarchien und Regeln, die das Leben in dem überfüllten, turbulenten Milieu eines Kriegschiffs überhaupt erst möglich machen. Er hatte nicht nur überlebt, er war sogar besser durchgekommen, als er es für möglich gehalten hatte. Allerdings nicht, ohne daß einige Beulen und Tränen den Weg markierten.

Heute, an diesem trübseligen Oktobertag, war er im Begriff, sich auf seinem zweiten Schiff zum Dienst zu melden. Es war die *Gorgon*, 74 Geschütze, und sie lag irgendwo im Solent * vor Anker.

Er beobachtete mit grimmigem Lächeln, wie ein kleiner Midshipman ein riesiges Stück gekochtes Schweinefleisch hinunterschlang. Das würde dem Kleinen noch leid tun. Bei diesem Wind hatte er bis zu seinem Schiff eine lange und höchst bewegte Bootsfahrt zurückzulegen.

Plötzlich mußte Bolitho an sein Elternhaus in Cornwall denken, an das große Haus aus grauem Stein unterhalb Pendennis Castle, wo er mit seinem Bruder und seinen beiden Schwestern aufgewachsen war. Übrigens lebten die Bolithos schon seit Genera-

* Meerenge zwischen dem Festland und der Isle of Wight (d.Übs.).

tionen in diesem Haus. Als er auf Urlaub kam, war es anders gewesen, als er erwartet hatte, anders, als er es sich in Sturm und Hitze erträumt hatte. Erstens waren nur die Mutter und die Schwestern dagewesen, um ihn zu begrüßen. Sein Vater, Kapitän eines der *Gorgon* ungefähr ähnlichen Schiffes, segelte irgendwo im Indischen Ozean. Hugh, sein Bruder, war Senior Midshipman* auf einer Fregatte** im Mittelmeer. Nach dem Leben auf dem Linienschiff war Richard das Haus sehr still vorgekommen.

Seine neue Einberufung war ihm an seinem sechzehnten Geburtstag zugestellt worden: Er hatte sich auf dem allerschnellsten Wege nach Spithead zu begeben und sich dort an Bord Seiner Britannischen Majestät Schiff *Gorgon*, unter Kapitän Beves Conway, zum Dienst zu melden. Das Schiff wurde zur Zeit neu ausgerüstet.

Seine Mutter hatte versucht, ihren Kummer zu verbergen. Seine Schwestern reagierten mit Lachen und Weinen – wie es ihnen gerade in den Sinn kam.

Auf dem Weg zur Haltestelle der Postkutsche hatten ihm die Landarbeiter, an denen er vorbeikam, grüßend zugenickt. Aber zu wundern schienen sie sich nicht. Seit vielen, vielen Jahren ging immer wieder ein Bolitho aus dem Haus und an Bord

* dienstältester Midshipman auf dem betreffenden Schiff.
** Kriegsschiff mit 20 bis 50 Kanonen (d. Übs.).

dieses oder jenes Schiffes. Und mancher war nie zurückgekehrt.

Jetzt fing das alles für Richard Bolitho zum zweitenmal an. Er hatte sich geschworen, daß er gewisse Fehler nicht mehr machen würde, daß er gewisse Dinge, die er gelernt hatte und die wichtiger waren als alles andere, nie vergessen würde. Ein Midshipman war weder Fisch noch Fleisch. Er stand zwischen den Leutnants und dem eigentlichen Rückgrat der Besatzung, den Deckoffizieren*. An einem Ende des Schiffes, unnahbar und fern, gottähnlich, logierte der Kapitän. Mitten im ständigen Strom hin und her eilender Mannschaften lag das enge, vollgestopfte Midshipmen-Logis. Die Mannschaft – Matrosen und Seesoldaten, Freiwillige und Gepreßte – war zwischen die Decks gepfercht und doch zu jeder Zeit durch Rang und Dienstalter voneinander getrennt. Harte Disziplinarstrafen bildeten eher die Regel als die Ausnahme; der Dienst am Schiff bei jedem Wetter war gefährlich und forderte manches Menschenleben – das war selbstverständlich, man sprach nicht darüber.

Wenn die Landratten ein Schiff des Königs sahen, das von der Küste ablegte, alle Rahen frisch getakelt und von Matrosen wimmelnd, wenn sie das Krachen der Salutgeschütze hörten, dazu die lustigen Stimmen der Männer am Ankerspill, die einen alterprob-

* Steuermänner, Bootsmänner und Maaten (d. Übs.).

ten Shanty sangen, dann hatten sie keine Ahnung von jener anderen Welt tief unten im Schiffsraum. Und das war wahrscheinlich auch ganz gut so.

»Ist der Platz frei?«

Bolitho fuhr aus seinen Gedanken auf und blickte hoch. Ein Midshipman, blond und blauäugig, lächelte ihn an.

»Martyn Dancer«, fuhr der Neuankömmling fort. »Ich gehe an Bord der *Gorgon*. Der Wirt sagt, Sie sind vom selben Schiff.«

Bolitho stellte sich vor und rutschte auf der Bank ein Stück weiter, um Dancer Platz zu machen.

»Doch nicht Ihr erstes Schiff?«

Dancer lächelte trübe. »Beinahe. Ich war auf dem Flaggschiff, bis es ins Dock mußte. Meine Seedienstzeit beläuft sich auf drei Monate und zwei Tage.« Er bemerkte Bolithos überraschte Miene. »Ich habe spät angefangen. Mein Vater wollte mich nicht zur See gehen lassen.« Er zuckte die Achseln. »Aber schließlich habe ich doch meinen Willen durchgesetzt.«

Der junge Mann gefiel Bolitho. Gewiß, Dancer hatte seine Laufbahn spät begonnen. Er war ungefähr so alt wie Bolitho, und seine ruhige, kultivierte Stimme ließ darauf schließen, daß er aus einer guten Familie kam. Und sicherlich aus der Stadt.

Dancer sagte eben: »Ich habe gehört, daß wir nach Westafrika segeln. Aber...«

Bolitho grinste.

»Das ist nur ein Gerücht unter anderen. Aber es

wäre immerhin besser, als bei der Kanalflotte zu sein und ständig im Ärmelkanal hin und her zu rutschen.«

Dancer verzog das Gesicht. »Der Siebenjährige Krieg ist jetzt seit neun Jahren vorbei. Ich hätte doch gedacht, die Franzosen würden uns wieder auf den Leib rücken, und sei es nur, um ihre kanadischen Besitzungen wiederzukriegen.«

Bolitho wandte sich um und sah zwei invalide Matrosen auf den Wirt zugehen. Der beaufsichtigte gerade ein Küchenmädchen, das Suppe in Zinnschüsseln abfüllte.

Kein richtiger Krieg seit neun Jahren, das stimmte schon. Und doch gab es überall auf der Welt genug andere Konflikte, die nie abrissen: Aufstände und Piraterie; Kolonien, die gegen ihre neuen Herren revoltierten – solche Aktionen kosteten ebenso viele Opfer wie jede Seeschlacht.

»Schert euch weg!« sagte der Wirt grob. »Ich will hier keine Bettler.«

Der eine Matrose, dessen rechter Arm dicht unter der Schulter amputiert war, erwiderte ärgerlich: »Ich bin kein lausiger Bettler! Ich war auf der alten *Marlborough,* 74 Geschütze, Konteradmiral Rodney!«

Tiefe Stille im Eßraum; und Bolitho sah, daß einige der jüngeren Midshipmen die beiden Invaliden mit Furcht und Schrecken anstarrten.

Der zweite Mann rief besorgt: »Laß gut sein, Ted! Dieser Teufel gibt uns doch nichts.«

»Geben Sie ihnen alles, was sie brauchen!« sagte Dancer. Ärgerlich und verwirrt über seine Impulsivität schlug er die Augen nieder. »Ich bezahle.«

Bolitho blickte ihn an. Er war ebenso betroffen. Und ebenso beschämt.

»Gut gesprochen, Martyn«, sagte er und legte ihm freundschaftlich die Hand auf den Arm. »Ich freue mich, daß wir Bordkameraden sind.«

Ein Schatten fiel zwischen sie und die qualmende Lampe. Der Einarmige sah sie lange an, sein Gesicht war düster. »Danke, junge Herren.« Er streckte die Hand aus. »Viel Glück! Sie beide werden bestimmt mal Kapitäne.«

Er trat beiseite, als eine Kellnerin zwei dampfende Schüsseln mit Essen auf einen Nebentisch stellte, und fügte zu Nutz und Frommen aller Anwesenden noch hinzu: »Der eine oder andere sollte sich diesen Tag merken. Eine gute Lehre für euch.«

Der Wirt, ein großer, kräftiger Mann, trat auf die beiden Midshipmen zu. Langsam setzte die allgemeine Unterhaltung wieder ein.

»Jetzt will ich Ihr verdammtes Geld sehen. Und zwar gleich!« Wütend stierte er Dancer an. »Und anschließend...«

»Anschließend«, sagte Bolitho ruhig, »werden Sie uns zwei Brandy bringen, Wirt.« Er beobachtete gelassen, wie in dem Mann die Wut hochstieg, und paßte den richtigen Moment ab, wie beim Abfeuern eines Neunpfünders. »Sie sollten lieber etwas auf Ihr

Benehmen achten. Mein Freund hier ist glücklicherweise guter Laune. Aber seinem Vater gehört das meiste Land hier in der Gegend.«

Der Wirt schluckte. »Um Gottes willen, Sir! Ich habe doch nur Spaß gemacht! Ich bringe Ihnen den Brandy sofort. Den besten, den ich habe, und Sie werden hoffentlich nichts dagegen haben, daß er auf meine Kosten geht.« Mit plötzlich besorgtem Gesicht eilte er davon.

Verwirrt sagte Dancer: »Aber mein Vater ist doch Teehändler in der Londoner City! Ich bezweifle, daß er Portsmouth Point je im Leben gesehen hat.« Er schüttelte den Kopf. »Ich glaube, ich muß meinen Geist ordentlich schärfen, wenn ich mit Ihnen Schritt halten will, Richard!«

Bolitho lächelte bedeutsam. »Nenn mich Dick, wenn du nichts dagegen hast.«

Als sie eben ihren Brandy nippten, wurde die Tür zur Straße weit aufgerissen. Diesmal fiel sie nicht gleich wieder zu. Die Öffnung wurde von einem Leutnant in triefendem Ölzeug ausgefüllt. Sein Dreispitz war von Gischt und Regen völlig durchweicht.

»Alle Midshipmen der *Gorgon* sofort zum Bootshafen!« brüllte er heiser. »Draußen wartet eine Gang Matrosen, um eure Seekisten an Bord zu bringen.«

Mit wiegenden Schritten ging er zum Kamin und riß dem Wirt einen Becher Brandy aus der Hand.

»Draußen bläst es wie verrückt.« Er hielt seine roten Hände über die wärmenden Flammen. »Helf uns Gott!«

Dann fiel ihm plötzlich etwas ein: »Wer ist hier der Dienstälteste?«

Bolitho sah, wie die jungen Leute im Raum ängstliche Blicke wechselten. Die Gemütlichkeit hatte sich in Panik verwandelt.

»Ich glaube, das bin ich, Sir«, sagte er. »Richard Bolitho.«

Der Leutnant musterte ihn mißtrauisch. »Na schön. Führen Sie sie zum Hafen, und melden Sie sich beim Bootsmannsmaat. Ich komme gleich nach.« Er hob die Stimme. »Und wenn ich da bin, ist gefälligst jeder einzelne Muttersohn abfahrbereit, verstanden?«

Der kleinste Midshipman sagte verzweifelt: »Mir wird schlecht, glaube ich.«

Jemand lachte, aber der Leutnant brüllte ihn an: »Ihnen wird schlecht, *Sir*! Sagen Sie gefälligst ›*Sir*‹, wenn Sie einen Offizier anreden, verdammt noch mal!«

Die Frau des Wirts sah zu, wie die Midshipmen Hals über Kopf in den Regen hinausstürzten.

»Sie nehmen sie ja 'n bißchen hart 'ran, Mr. Hope, Sir.«

Der Leutnant grinste. »Das haben wir alle durchmachen müssen, meine Liebe. Der Kapitän ist sowieso schwierig genug, wie die Dinge liegen. Wenn ich mit den neuen Midshipmen zu schlapp bin, dann verpaßt er *mir* 'ne Breitseite, das kann ich Ihnen garantieren!«

Draußen auf dem nassen Kopfsteinpflaster sah Bolitho zu, wie ein paar Matrosen die schwarzen Kisten auf Karren luden. Kräftig, wettergebräunt – sie sahen wie befahrene Seeleute aus; der Kapitän hatte vermutlich nicht das Risiko eingehen wollen, weniger verläßliche Mannschaften, die vielleicht desertierten, an Land zu schicken.

In ein paar Wochen, ja sogar ein paar Tagen, würde er diese Männer und noch viele andere genauer kennen. Er würde nicht, wie an Bord seines ersten Schiffes, in die alten Fehler verfallen. Inzwischen hatte er gelernt: Vertrauen war etwas, das man sich verdienen mußte, und nicht einfach eine Zugabe zur Uniform, die man trug.

Er nickte einem der älteren Männer zu. »Wir legen gleich ab.«

Der Mann grinste. »Ist wohl nicht Ihr erster Bordgang, Sir?«

Bolitho fiel neben Dancer in Gleichschritt. »Und der letzte auch nicht.«

Unten am Hafen fanden sie den Bootsmannsmaat im Windschutz der Mauer. Vor ihnen rollte der Solent seine endlose Folge kabbeliger Wogenkämme, und die paar Möwen hoben sich von dem bleiernen Himmel ab wie weiße Schaumfetzen.

Der Maat faßte an seinen Hut. »Ich schlage vor,

Sie lassen alle Mann gleich an Bord gehen, Sir. Wir haben 'n ziemlichen Ebbstrom, und der Erste will, daß das Boot vor der Hundewache noch einen Törn macht.«

Vertraulich senkte er die Stimme. »Er heißt Mr. Verling, Sir. Lassen Sie sich warnen. Er ist manchmal mit den jungen Herren 'n bißchen scharf. Sollen alles machen, was er macht – so gut sie können.« Er grinste schadenfroh. »Herrgott, sehen Sie diesen Haufen bloß an! Die verspeist er zum Frühstück.«

»Und ich Sie«, herrschte Bolitho ihn an, »wenn Sie nicht sofort mit Ihrem Geschwafel aufhören!«

Der Mann verschwand, und Dancer machte große Augen. »Die Sorte kenn' ich, Martyn«, sagte Bolitho. »Als nächstes soll ich ihm dann erlauben, daß er rasch mal einen Rum trinken geht.« Er grinste. »Und das würde dem Leutnant hier kaum recht sein, ganz zu schweigen von dem gewaltigen Mr. Verling.«

Da erschien auch schon der Leutnant an der Mauer, mit leicht glasigen Augen. »Marsch, ins Boot! Beeilt euch!«

Leise sagte Dancer: »Mein Vater hatte vielleicht doch recht.«

Bolitho wartete, bis die letzten über die steile Leiter in die stampfende Barkasse geklettert waren.

»Mir tut's nicht leid, daß ich wieder an Bord komme«, sagte er. Und zu seiner eigenen Überraschung stimmte das sogar.

Die Fahrt vom Bootshafen bis zu dem vor Anker liegenden Zweidecker dauerte fast eine Stunde. Dabei hatten diejenigen Midshipmen, die nicht zu heftig brechen mußten, ausreichend Zeit, sich ihre neue Heimat anzusehen, die beim Näherkommen immer höher und mächtiger hinter den unbarmherzigen Regenschauern aufragte.

Bolitho hatte sich bemüht, etwas über sein neues Bordkommando zu erfahren. Die Vierundsiebziger, wie diese massigen Zweidecker bei den Seeleuten hießen, bildeten den Kern der Flotte. In jeder großen Seeschlacht dominierten sie dort, wo am heftigsten gekämpft wurde. Aber er wußte aus Erfahrung, und hatte es auch von alten Seeleuten gehört, daß diese Schiffe untereinander so verschieden waren wie Salz und Sirup.

Während die Bootsgasten die Barkasse über die kabbelige See pullten, behielt er das Schiff im Auge. Er sah die himmelhohen Masten mit den dwars stehenden Rahen, den glänzend schwarzen, braun abgesetzten Rumpf mit der Doppelreihe geschlossener Stückpforten; die rote Nationalflagge am hohen Stern und die kleinere Bugflagge, zwei bunte Farbflecke auf dem grauen Hintergrund von See und Himmel. Die Männer an den Riemen wurden allmählich müde von ihrer schweren Arbeit, immer häufiger mußte der Maat den Takt angeben, um sie im Gleichschlag zu halten, und ständig brüllte und schimpfte der rotgesichtige Leutnant.

Jetzt zogen sie unter dem langen Bugspriet und dem Klüverbaum hindurch, von dem die hellvergoldete Galionsfigur fast bösartig auf die stumm dahokkenden Midshipmen herabstarrte. Die Galion der *Gorgon* war ein großartiges, wenn auch erschrekkendes Stück Holzschnitzerei: eine verschlungene Masse von Schlangenleibern, und darunter ein schönes, finsteres Frauenantlitz mit übergroßen Augen; rote Striche in den Lidwinkeln verstärkten noch den drohenden Ausdruck.

Und dann wurden sie alle zusammen, ein keuchender, strampelnder Haufen, ganz unzeremoniell an der Bordwand hochgeschoben und -gehievt, so daß ihnen das breite Achterdeck, auf dem sie schließlich landeten, vergleichsweise wie ein geschützter, ruhevoller Zufluchtsort vorkam.

»Sie sieht ganz ordentlich aus, Martyn«, sagte Bolitho. Geschwind überflogen seine Blicke die sauber ausgerichtete Reihe der Achterdeck-Neunpfünder, deren schwarze Rohre im Regen glitzerten; die Flaggenknöpfe waren frisch gestrichen, jedes Ende Tauwerk sorgfältig aufgeschossen und verstaut.

Oben in den Rahen und an den beiden Decksgängen, welche das Achterdeck mit dem Vorschiff verbanden, arbeiteten Matrosen. Unter den Decksgängen, in gleichmäßigen Abständen, standen die Achtzehnpfünder der Oberdeckbatterie, während auf dem nächstunteren Deck die stärkste Kampfkraft des Schiffes armiert war: die Batterie der mächtigen Zweiunddreißigpfünder. Wenn es nötig war, konnte die *Gorgon* laut und nachdrücklich mitreden.

»Her zu mir!« brüllte der Leutnant. Die Midshipmen gehorchten eilig. Manche hatten jetzt schon Angst und fühlten sich völlig verloren. Andere paßten auf und bemühten sich, zu erfassen, was von ihnen verlangt wurde.

»Anschließend rücken Sie in Ihre Hauptquartiere.« Der Leutnant mußte sich anstrengen, um das Rauschen des Regens, das ständige Sausen des Windes in der Takelung und den gerefften Segeln zu übertönen. »Vorher will ich Ihnen noch sagen, daß Sie jetzt an Bord eines der besten Schiffe in Seiner Majestät Flotte Dienst tun, ein Schiff mit hohen Anforderungen, das keine Schlappschwänze duldet. An Bord der *Gorgon* sind insgesamt zwölf Midshipmen – mit Ihnen, heißt das; und falls Muttersöhnchen dabei sind, tun sie gut daran, doppelt hart an sich zu arbeiten, sonst kriegen sie schweren Ärger. Sie werden auf den Geschützdecks und anderswo eingesetzt, bis Sie imstande sind, mit den Leuten zu arbeiten, ohne sich zu blamieren.«

Eben rannten einige Matrosen unter der Aufsicht eines Bootsmannsmaats von recht hartgesottenem Aussehen vorbei, und Bolitho wandte sich nach ihnen um. Frisch vom Land, allem Anschein nach, dachte er. Aus dem Schuldturm, oder dem Gerichtsgefängnis, wo man sie, wenn die Flotte nicht so dringend Männer gebraucht hätte, bis zu ihrer Deportation in die neuen amerikanischen Kolonien hätte schmoren lassen. Der Menschenhunger der Kriegsmarine war unstillbar, und jetzt im Frieden war es sogar noch schwieriger, die Schiffe ausreichend zu bemannen. Was der Leutnant da gesagt hatte, stimmte eigentlich nicht, dachte Bolitho. Nicht nur die Midshipmen waren neu und ungeübt. Ein erheblicher Teil der Mannschaft war kaum besser.

Er kniff die Augen zusammen, in die der Regen sprühte, und hatte genügend Zeit, darüber zu staunen, was für eine Menge Menschen ein solches Schiff verschlingen konnte. Seines Wissens beherbergte die *Gorgon* eine Besatzung von über sechshundert Mann – Offiziere, Matrosen und Marine-Infanteristen – in ihrem dicken Siebzehnhunderttonnenbauch; und dabei sah man an Deck immer nur etwa dreißig Mann.

»He, Sie!«

Bolitho fuhr herum, als die Stimme des Leutnants in seine Gedanken schnitt.

»Hoffentlich langweile ich Sie nicht!«

»Entschuldigung, Sir!« antwortete Bolitho.

»Ich werde Sie im Auge behalten!«

Der Leutnant nahm Haltung an, denn von der Kampanje her näherte sich ein anderer Offizier. Das mußte, dachte Bolitho, der Erste Leutnant sein. Mr. Verling war groß und mager, und sein Gesicht war so verkniffen, daß er eher einem Richter beim Verkünden des Todesurteils glich als einem Offizier, der neue Offiziere an Bord begrüßen sollte. Seine schnabelartige Hakennase stach unter dem Dreispitz hervor, als spähe sie nach irgendwelchen Vergehen gegen die Bordroutine aus, und seine Blicke verrieten, als sie über die schwankende Reihe der wartenden Midshipmen glitten, weder Wärme noch Mitgefühl für die Neulinge.

Er sagte: »Ich bin der Dienstälteste an Bord.« Sogar sein Ton war scharf und abgehackt, jedes menschliche Gefühl wie weggehobelt. »Solange Sie an Bord sind«, fuhr er fort, »haben Sie Ihre diversen Pflichten jederzeit zu erfüllen. Ihre Ausbildung und die Vorbereitung auf das Leutnantsexamen werden Sie so in Anspruch nehmen, daß beides schließlich völlig im Vordergrund steht und jeder Müßiggang Ihnen egoistisch und sinnlos vorkommen wird.« Er machte eine Kopfbewegung zu dem anderen Offizier hin. »Mr. Hope ist Fünfter Leutnant und wird sich um Sie kümmern, bis Sie sich in der Wache eingewöhnt haben, der Sie zugeteilt sind. Mr. Turnbull, der Segelmeister *, erwartet selbstverständlich erstklassige Leistungen in Navigation und allgemeiner Seemannschaft.« Seine bohrenden Augen machten bei dem Kleinsten in der Reihe halt, jenem, dem in der Barkasse so schlecht geworden war und der jetzt aussah, als würde es bei ihm gleich wieder losgehen.

* der für die Navigation des Schiffes verantwortliche Deckoffizier (d. Übs.).

»Und wie heißen Sie?«

»Eden, S-sir.«

»Alter?« Das Wort schnitt wie ein Messer.

»Z-zwölf, Sir.«

»Er stottert ein bißchen«, sagte Hope. In Gegenwart seines Vorgesetzten schien sich seine Schroffheit etwas gemildert zu haben.

»In der Tat. Ich hoffe, der Bootsmann wird ihm das abgewöhnen, bevor er dreizehn ist – *wenn* er so alt wird.«

Verling schien jetzt genug von der Begrüßung zu haben. »Lassen Sie wegtreten, Mr. Hope. Morgen werden wir Anker lichten, wenn der Wind so bleibt. Es ist noch viel zu tun.« Ohne die Abteilung eines weiteren Blickes zu würdigen, schritt er davon.

»Mr. Grenfell wird Sie unter Deck führen«, sagte Hope lässig. Grenfell war, wie sich zeigte, der dienstälteste Midshipman. Ein untersetzter, selten lächelnder Jüngling, etwa siebzehn Jahre alt, der sich jedoch, sowie Hope weg war, lockerte. »Kommt mit«, sagte er. »Mr. Hope ist ein gerechter Mann, aber seine Beförderung macht ihm Sorgen.«

Bolitho wußte Bescheid und mußte lächeln. Auf einem Linienschiff war die Beförderung immer schwierig, besonders wenn kein Krieg war, der die Rangliste ausdünnte. Als Fünfter Leutnant hatte Hope in der Offiziersmesse nur noch einen Dienstjüngeren; und so lange nicht die Leutnants über ihm befördert wurden, auf ein anderes Schiff kamen oder im Kampf fielen, würde er sich mit seinem Avancement schwertun.

Dancer flüsterte ihm ins Ohr: »Auf dem Flaggschiff hatten wir einen Sechsten Leutnant, der war so verzweifelt, daß er Flöte spielen lernte, bloß weil die Frau des Admirals etwas für Flötenmusik übrig hatte.«

Schweigend folgten sie dem Messeältesten über die erste Niedergangstreppe ins Zwischendeck und dann weiter ins nächsttiefere Deck. Je tiefer sie in den Bauch des Schiffes hinabstiegen, um so voller und enger schien es zu werden. Überall schattenhafte Gestalten, gesichtslos und unwirklich im Halbdunkel; mit gebeugten Köpfen duckten sie sich unter den Decksbalken und wichen dem sorgfältig weggestauten Geschirr für jedes einzelne, festverblockte Geschütz aus. Eine wahre Wand von Gerüchen stieg vor ihnen auf: Salzfleisch und Teer, Bilgewasser und zusammengepferchte Menschen; und dabei krachte und knirschte der feste Schiffsrumpf, der sie umschloß, wie ein lebendes Wesen, die Laternen an der Decke kreisten und warfen Schatten auf die mächtigen Balken und die Seeleute. Das Ganze wirkte wie ein riesiges Gemälde.

Das Midshipmen-Logis befand sich im Orlopdeck, also noch unter dem Geschützdeck, sogar unter der Wasserlinie. Das einzige Licht kam vom Niedergang her und von den schwingenden Laternen.

»Hier ist es«, sagte Grenfell beiläufig. »Außer uns wohnen auch noch die Steuermannsobermaaten hier.« Er zog eine Grimasse zu einem weißgestrichenen Wandschirm hin. »Die allerdings halten sich für was Besseres und wollen mit uns nichts zu tun haben.«

Bolitho warf einen Blick auf seine Kameraden. Unschwer konnte er sich ihre Gefühle vorstellen. Er erinnerte sich daran, was er selbst in seinen ersten Stunden an Bord gemacht hatte. Damals hätte er alles mögliche für ein freundliches Wort im rechten Augenblick gegeben.

»Sieht sehr gut aus«, sagte er. »Besser als in meinem vorigen Schiff.«

»Tatsächlich?« fragte der kleine Eden ungläubig.

Grenfell lächelte. »Kommt bloß darauf an, was ihr daraus macht.«

Er wandte sich um, als eine winzige Gestalt durch die Tür stolperte. »Das ist euer Messejunge. Starr heißt er, und er redet nicht viel. Sagt ihm nur, was ihr braucht; ich arrangiere das dann mit dem Zahlmeister.«

Starr war sogar noch jünger als Eden. Zehn Jahre vielleicht, und klein für sein Alter. Er hatte das verkniffene Gesicht eines Kindes aus den Slums, und seine Arme waren dünn wie Stöcke.

»Wo kommst du her?« fragte Bolitho freundlich.

Der Junge sah ihn mißtrauisch an. »Aus Newcastle, Sir. Mein Alter war da Bergmann. Ist bei 'm

Schlagwetter umgekommen.« Seine Stimme klang tonlos, als spräche er aus einer anderen Welt.

»Und dich bringe ich auch um, wenn du meine Hemden so behandelst wie das hier!«

Bolitho wandte sich nach dem Sprechenden um. Ein Midshipman, rot im Gesicht von Wind und Regen, trat unter den niedrigen Decksbalken. Er und Grenfell gehörten offensichtlich zu den drei Midshipmen, die vom letzten Schwung übriggeblieben waren und nun auf die Gelegenheit warteten, ihr Leutnantsexamen abzulegen.

Der junge Mann war schlechter Laune und sah aus wie jemand, der von Geburt an gewohnt ist zu befehlen – hübsch und arrogant.

»Sachte, Samuel«, sagte Grenfell. »Hier sind die Neuen.«

Dem anderen wurde anscheinend klar, daß er auf die verwirrten Neuankömmlinge etwas Rücksicht nehmen mußte.

»Ich bin Samuel Marrack. Signal-Midshipman und Kapitänsläufer.«

»Das hört sich ja sehr bedeutend an«, sagte Dancer.

Marrack war anscheinend beleidigt. »Ist es auch! Und wenn ihr vor unserem illustren Kapitän erscheint, dann am besten in einem sauberen Hemd.« Er führte mit seinem Hut einen raschen Hieb nach dem kleinen Diener und fügte hinzu: »Also merk dir das für die Zukunft, du Hund!« Damit warf er sich auf eine Seekiste. »Bring mir Wein!« befahl er. »Ich bin staubtrocken.«

Bolitho setzte sich neben Dancer und sah zu, wie die anderen, ziellos wie Blinde, ihre Seekisten auf- und zuklappten. Er hatte gehofft, auf eine Fregatte kommandiert zu werden wie sein Bruder; auf ein Schiff, das, frei von der drückenden unmittelbaren Befehlsgewalt eines Admirals, imstande war, größte Entfernungen in einem Drittel der Zeit zurückzulegen, welche die gewichtige *Gorgon* dazu brauchte. Auf einer Fregatte hätte er vielleicht die Abenteuer erleben können, von denen er so oft träumte.

Aber nun war seine Heimat die *Gorgon*, und er mußte das Beste daraus machen, solange die Königliche Marine es befahl. Ein Linienschiff.

II Kurs Afrika

»Alle Mann! Alle Mann aufentern zum Segelreffen!« Unaufhörlich schrillten die Bootsmannspfeifen, bis der Befehl um das ganze Deck gegangen war – es klang wie Dämonengekreisch in einem bösen, endlosen Traum, bis das ganze Schiff unter den trampelnden Füßen erzitterte, die Freiwache an Deck kam und sich in rasender Eile zur Musterung auf die Stationen verteilte.

Bolitho schüttelte Dancer so kräftig an der Schulter, daß dieser beinahe aus der Hängematte gefallen wäre.

»Raus, Martyn! Wir kürzen schon wieder Segel!«

Er wartete, bis Dancer Schuhe und Jacke übergestreift hatte, und dann rannten sie beide zum nächsten Niedergang. Drei, fast vier Tage ging es nun schon so. Seit dem Ankerlichten, seit das Schiff die Passage durch den Ärmelkanal mit Kurs auf den Atlantik begonnen hatte, wurden auf dem mächtigen Vierundsiebziger die Segel unaufhörlich gesetzt, gerefft, wieder gesetzt, wieder gerefft – es hörte überhaupt nicht auf. Müde Leiber zogen sich in den Wanten hinauf bis zu den vibrierenden Rahen; ständig hetzte und trieb sie die Stimme des Ersten vom Achterdeck. Auch das gehörte zu dem bösen Traum, denn Verling mußte, damit seine Orders inmitten der brüllenden Wogen zu verstehen waren, ein Sprachrohr benutzen, und dadurch wurde seine an sich schon scharfe Stimme noch fremdartiger und wie ein Stachel für die keuchenden Midshipmen.

Für die neuen Matrosen war es noch schlimmer. Ein Midshipman galt schon sehr wenig auf einem Schiff des Königs. Aber der einfache Matrose galt überhaupt nichts.

Ein Nachlassen der Disziplin konnte, etwa wenn das Schiff bei starkem Wind über Stag ging, verhängnisvoll sein, das wußte Bolitho ganz genau. Und doch machte es ihn krank, wenn er sah, mit welch unnötiger Brutalität ein Mann behandelt wurde, der bei seiner Arbeit hoch über Deck vielleicht nur vor lauter Angst nicht gleich begriff, was die da unten überhaupt von ihm wollten.

Es war genauso wie beim letztenmal. Die Sonne war noch nicht aufgegangen, aber irgendwo in den tieferen Wolkenlagen schimmerte ein bleicher Fleck von etwas hellerem Grau. Jedoch für jemanden, der in die Wanten hinauf mußte, war das Licht mächtig knapp. Ungeduldig traten die Leutnants von einem Fuß auf den anderen, während die Deckoffiziere und Maaten an jedem Mast ihre Namenslisten kontrollierten. Die Seesoldaten standen achtern in einem Haufen bei den Großmastbrassen und rutschten ständig mit ihren Stiefeln auf den nassen Planken aus; der Erste Leutnant rannte an der Reling auf und ab und schwenkte seine Sprechtrompete, um auf diese oder jene Einzelheit noch besonders hinzuweisen.

Bolitho spähte nach achtern zu dem großen doppelten Steuerrad, dessen Speichen vier Rudergasten umklammert hielten – wahrscheinlich, dachte er, lief noch eine starke Dünung gegen Ruder und Segel an. Neben ihm stand der alte Turnbull, der Segelmeister, formlos in seinem schweren Ölzeug; mit lebhaften Bewegungen der krebsroten Fäuste gab er seinen Maaten Anweisungen.

In Luv, bei den Finknetzen, stand ganz allein der Kapitän. Er hatte sich in seinen langen Bootsmantel gewickelt, aber sein Haar flog im Wind, als er zu den gerefften Toppsegeln emporblickte. Mehr Leinwand als diese und den Klüver konnte das Schiff bei solcher Brise nicht verkraften.

Während seiner ganzen Zeit an Bord der *Gorgon* hatte Bolitho den Kapitän noch nie aus solcher Nähe gesehen wie jetzt. Von weitem wirkte er sehr kühl und würdevoll, anscheinend unberührt von dem Durcheinander der schimpfenden Deckoffiziere.

Dancer knirschte mit den Zähnen. »O Gott, ich bin ganz steif vor Kälte!«

Leutnant Hope, der Verantwortliche für den

Fockmast, schrie: »Entern Sie mit Ihren Leuten auf, Mr. Bolitho! Und mindestens zwei Minuten schneller als letztes Mal!«

Eine Pfeife schrillte, und es ging wieder los. Die leichtfüßigen Toppmatrosen preschten um die Wette die Webeleinen hoch; die Neuen, weniger Wagemutigen mußten von den Flüchen und nicht selten auch von den Stockschlägen der Deckoffiziere hinaufgejagt werden. Und über all dem Lärm ertönte Verlings Stimme, verzerrt und kaum noch menschenähnlich, die jeden einzelnen kontrollierte und steuerte.

»Noch mal an die Luvbrassen! Mr. Tergorren, in Ihrer Division ist ein Mann, der bummelt! Wo, zum Teufel, haben Sie Ihre Augen? Noch zwei Mann an die Kreuzbrassen!« Unablässig schallte seine Stimme über Deck.

Hinauf an diesen rauhen, schwankenden Webeleinen und um die Püttingswanten herum, und dann hingen sie da oben über die Breite des Schiffsrumpfes hinaus, unter sich die schäumende See, und klammerten sich fest mit Fingern und Zehen, damit sie nicht abstürzten. Dann atemlos weiter zum Vortopp, wo andere Männer schon höherenterten, und noch höher, bis zur Marssegelrahe. Auf allen Rahen schwärmten sie aus, affengleich, bearbeiteten mit Nägeln und Fäusten die dicke, steifgefrorene Leinwand, um noch ein Reff zu stecken; und dabei tat jeder windgefüllte Segelbauch sein Bestes, um die

Männer von ihrem luftigen Standplatz zu schleudern und in die See zu fegen. Tränen der Wut und Verzweiflung hatten sie in den Augen, und sie fluchten gräßlich, wenn das rauhe Tuch der Sturmsegel ihnen die Fingernägel abriß, und stießen ihre verängstigten Kameraden beiseite, die sich an ihnen festklammern wollten.

Bolitho hielt sich an einer Pardune und beobachtete, was sich in den anderen Masten abspielte. Es war fast geschafft, und das Schiff reagierte bereits auf den verminderten Druck der Segel. Weit unten, zwergenhaft in der Verkürzung, sah er die Deckoffiziere und die Matrosen des Achterdecks, welche die Fallen und Brassen festzurrten. Immer noch stand der Kapitän an Luv und beobachtete prüfend die Rahen. War er besorgt? fragte sich Bolitho. Bestimmt sah man es ihm nicht an.

»Belegen, Mr. Hope!« brüllte Verling. »Da sind anscheinend ein paar Krüppel in Ihrer Division! Sie sollten heute vormittag mal Extra-Segelausbildung ansetzen!«

Bolitho und Dancer rutschten an einem Backstag an Deck, wo Mr. Hope vor Wut kochte. »Diese gottverdammte Bande mache ich fertig!« knurrte er. Mit einem Blick auf die beiden fuhr er etwas ruhiger fort: »Und euch zwei auch, wenn ihr die Leute nicht schärfer antreibt!«

Dann ging er nach achtern, und Bolitho sagte: »Er ist gar nicht so schlimm, wie er tut. Komm, Martyn, wollen mal sehen, was der junge Starr uns zum Frühstück aufgehoben hat. Sinnlos, jetzt noch mal in die Hängematte zu klettern. Es wird doch gleich wieder ›Alle Mann‹ gepfiffen.«

Als sie atemlos in die feuchte, aber wenigstens sichere Midshipmen-Messe stürzten, erwartete sie dort ein dürrer, gravitätisch blickender Mann im einfachen blauen Rock. Bolitho wußte bereits, daß es Henry Scroggs, der Kapitänsschreiber war. Er hatte sein Logis nebenan bei den Steuermannsmaaten.

»Bolitho?« fragte Scroggs kurzangebunden. Eine Antwort wartete er nicht erst ab. »Melden Sie sich beim Kapitän. Mr. Marrack hat sich den Arm verletzt, und Mr. Grenfell ist auf Frühwache.« Unbewegten Gesichts wartete er ein paar Sekunden und blaffte dann: »Na los, hopp-hopp, wenn Ihnen Ihr Leben lieb ist!«

Bolitho starrte ihn verwirrt an; ihm fiel ein, was Marrack über saubere Hemden gesagt hatte, und er wußte, wie unordentlich er gerade jetzt aussah.

»Komm, ich helfe dir beim Umziehen«, sagte Dancer.

»Keine Zeit!« fuhr der Schreiber dazwischen. »Nach Grenfell und Marrack sind Sie der Dienstälteste. Der Kapitän ist sehr scharf in solchen Dingen.« Er schwankte etwas, als das Schiff langsam überholte und eine kochende See auf das Oberdeck flutete. »Etwas Beeilung, rate ich Ihnen!«

Bolitho griff nach seinem Hut und sagte beklommen: »Also schön.« Dann duckte er sich unter die Decksbalken und machte sich auf den Weg.

Schwer atmend stand Bolitho vor einer weißgestrichenen Tür in der Kampanje. Im Vergleich zu den überfüllten Zwischendecksquartieren, in die sich soeben massenweise und polternd die schattenhaften Gestalten der Matrosen ergossen, die von der Arbeit in den Rahen zurückkamen, fand er es hier ausgesprochen ruhig. Neben der Tür, unter dem Lichtstrahl der Deckenlaterne, stand steif und starr ein Seesoldat Wache und blickte Bolitho dienstlich kalt entgegen. Dann rief er laut: »Signal-Midshipman, Sir!« und gab seiner Meldung weiteren Nachdruck, indem er mit seiner Muskete kräftig aufs Deck stampfte.

Die Tür ging auf, und Bolitho erblickte den Kapitänssteward, der ihm heftig winkte und die Tür gerade so weit offenhielt, daß er eintreten konnte. Genau wie der Lakai in einem vornehmen Haus, der nicht recht weiß, ob der Besucher willkommen ist oder nicht, dachte Bolitho.

»Wenn Sie hier warten wollen – Sir.« Aber vor dem »Sir« hatte er eine kleine Pause eingeschaltet.

Bolitho wartete. Es war eine elegante Diele, die zum Speiseraum des Kapitäns führte und die ganze Breite des Schiffsrumpfes einnahm. Gläser und Geschirr klirrten in einem geräumigen Mahagonischrank, und über der langen polierten Tafel schwang gleichmäßig, die Bewegung des Schiffes auffangend, ein rundes Tablett mit Gläsern und Karaffen. Auf den Decksplanken lag ein Teppich mit einem sauberen Muster aus schwarzen und weißen Karos, und die Neunpfünderkanonen an den beiden Schmalseiten waren züchtig mit buntem Chintz verdeckt. In der nächsten Zwischenwand öffnete sich eine Tür, und der Steward sagte: »Hier herein, bitte, Sir.« Er blickte Bolitho beinahe verzweifelt entgegen.

Die Kapitänskajüte. Bolitho stand im Türrahmen, den Dreispitz unter den Arm geklemmt, und staunte. Wieviel Platz der Kapitän hatte!

Die Kajüte war hochelegant: über die hohen Fenster im Heck des Schiffes zogen sich lange Streifen von Salz und getrocknetem Schaum, so daß sie in dem grauen Frühlicht fast wie Kathedralenfenster wirkten und den Raum noch größer erscheinen ließen.

Kapitän Beves Conway saß an einem großen Schreibtisch und blätterte gemächlich in einem Bündel Papiere. Ein Becher mit einem heißen Getränk dampfte neben seinem Ellenbogen, und im Schein der schwingenden Lampe sah Bolitho, daß er bereits korrekt angekleidet war: sauberes weißes Hemd, Kniehose; und sein blauer Uniformrock mit den weißen Aufschlägen lag sauber gefaltet auf einer Sitzbank, Dreispitz und Bootsmantel daneben. Nichts in der Erscheinung oder im Gesicht dieses Mannes deutete darauf hin, daß er eben von Deck kam, wo ein bitterkalter Wind wehte.

Er blickte auf und musterte Bolitho mit ausdruckslosem Gesicht.

»Name?«

»Bolitho, Sir.« In der geräumigen Kajüte kam ihm der Klang seiner eigenen Stimme ganz fremd vor.

»Gut.« Der Kapitän wandte sich halb zu seinem Schreiber um, der durch eine andere kleine Tür eintrat. Im Licht der Lampe und in den schrägen Strahlen von den Kajütfenstern her fiel Bolitho auf, wieviel Wachsamkeit und Intelligenz aus Conways Profil sprach; doch seine Augen waren hart und verrieten nichts.

Er sprach kurz, abgehackt, dienstlich zu Scroggs, aber Bolitho konnte nur raten, worum es sich handelte.

Er blickte zur Seite und sah sich zum erstenmal in einem langen, goldgerahmten Spiegel. Kein Wunder, daß der Kajütsteward ein so besorgtes Gesicht gemacht hatte.

Richard Bolitho war groß für sein Alter und schlank. Sein Haar war so schwarz, daß sein wettergebräuntes Gesicht fast bleich dagegen wirkte. In seinem Peajacket, das er sich vor achtzehn Monaten gekauft und seitdem bei jedem Wetter getragen hatte, glich er mehr einem Vagabunden als einem Offizier des Königs. Er fuhr zusammen, als er plötzlich gewahr wurde, daß der Kapitän zu ihm sprach.

»Also, Mr. Midshipman, äh, Bolitho, aufgrund unvorhergesehener Umstände muß ich mich anscheinend auf Ihre Fähigkeiten bei der Unterstützung meines Schreibers verlassen, bis Mr. Marrack sich von seiner, äh, Verletzung erholt hat.« Er musterte Bolitho gleichmütig. »Was für Dienst tun Sie auf meinem Schiff?«

»Unteres Geschützdeck, Sir, und Segelausbildung in Mr. Hopes Abteilung.«

»Weder das eine noch das andere erfordern, daß Sie wie ein Dandy aussehen, Mr., äh, Bolitho; aber an Bord meines Schiffes haben alle Offiziere ein untadeliges Beispiel zu geben; und wohin dieses Schiff Sie auch trägt, Sie repräsentieren nicht nur die Königliche Marine, sondern Sie *sind* die Königliche Marine!«

»Ich verstehe, Sir«, setzte Bolitho an. »Wir waren in den Rahen zum Segelbergen, Sir, und ...«

»Ja.« Über das Gesicht des Kapitäns flog der Schatten eines bitteren Lächelns. »Das habe ich befohlen. Ich war mehrere Stunden an Deck, bevor ich die Entscheidung traf, daß es tatsächlich nötig war.« Er zog eine schmale goldene Uhr aus der Hosentasche. »Gehen Sie in Ihr Logis im Orlopdeck und bringen Sie sich in Ordnung. Ich wünsche, daß Sie in zehn Minuten wieder achtern sind.« Er ließ die Uhr zuschnappen. »In genau zehn Minuten.«

Es wurden die kürzesten zehn Minuten, an die sich Bolitho erinnern konnte. Starr und Midshipman

Dancer halfen ihm; der Pechvogel Eden, dem ausgerechnet in diesem Moment schlecht wurde, lief ihm ständig zwischen die Beine; aber schließlich war er wieder auf dem Weg nach achtern und stand bald vor demselben Posten. In der Kajüte drängten sich bereits die Besucher: Leutnants mit Fragen und Meldungen über Sturmschäden. Der Steuermann, der, soweit Bolitho verstand, entweder für oder gegen die eventuelle Beförderung eines seiner Maate war. Major Dewar von der Marine-Infanterie, mit Kinnbacken so scharlachrot wie seine Uniform. Und sogar der Schiffszahlmeister, ein richtiges Wiesel von einem Mann. Sie alle sprachen beim Kapitän vor. Und das schon kurz nach Sonnenaufgang.

Ohne weitere Umstände wies der Schreiber Bolitho an einen kleinen Tisch bei den Heckfenstern, an die Spritzwasser und Regen klatschten. Draußen, hinter den dicken Glasscheiben, rollte die dunkelgraue See, und jede Woge hatte einen langen Schaumstreifen auf ihrem Kamm. Ein Schwarm Möwen umkreiste in lebhaftem Auf und Ab den hohen Achtersteven der *Gorgon*; offenbar warteten sie darauf, daß der Koch etwas Eßbares aus dem Fenster warf. Bolitho spürte, wie sich sein Magen zusammenzog. Da würden sie kein Glück haben, dachte er. Der Koch und der geizige Zahlmeister – beide würden kaum einen Krümel für die Möwen übriglassen.

Er hörte, daß der Kapitän mit Laidlaw, dem

Schiffsarzt, das Frischwasserproblem erörterte, und speziell die Frage, ob die leeren Fässer gespült werden sollten, um sie zu desinfizieren.

Der Schiffsarzt war ein müde aussehender Mann mit tiefliegenden, von starken Brauen überhangenen Augen, der sich ständig etwas gebeugt hielt. Ob das daher kam, daß er zu lange auf kleinen Schiffen gefahren war, oder weil er sich dauernd über seine unglücklichen Opfer beugen mußte – darüber konnte Bolitho nur Vermutungen anstellen.

Er sagte eben: »Es ist ein übler Küstenstrich, Sir.« Und der Kapitän erwiderte scharf: »Das weiß ich, verdammt noch mal. Aber schließlich segle ich das Schiff und seine ganze Mannschaft nicht deswegen nach Westafrika, weil ich ausprobieren will, wie gut Sie Krankheiten heilen können.«

Der Schreiber beugte sich über den kleinen Tisch. Er hatte einen muffigen Geruch an sich, wie ungewaschenes Bettzeug.

»Sie können mit diesen Befehlen anfangen«, sagte er mürrisch, »je fünf Abschriften, sauber und lesbar, ordentlich geschrieben, oder Sie kriegen Ärger mit dem Kapitän.«

Bolitho wartete, bis Scroggs davongeschlurft war, und horchte dann zu der kleinen Gruppe hinüber, die beim Kapitän stand. Während er sich vorhin in aller Eile das frische Hemd übergestreift hatte, war ihm klargeworden, daß sich die Ehrfurcht, die er bei der ersten Begegnung mit dem Kapitän empfunden hatte, in Groll verwandelte. Conway hatte die Begründung für seinen unvorschriftsmäßigen Anzug als unwichtig, sogar als banal abgetan. Statt dessen hatte er seine eigene Person als Vorbild hingestellt – der untadelige Kapitän, immer im Dienst, niemals müde, der für jedes Problem auf Anhieb eine Lösung bei der Hand hatte.

Aber jetzt, da er die ruhige, gemächliche Stimme hörte, mit der der Kapitän so ganz nebenbei erwähnte, daß einige viertausend Meilen zu segeln waren, wie er Angaben über den zweckmäßigen Kurs machte und Anordnungen über Verpflegung, Frischwasser und, was das wichtigste zu sein schien, über die Ausbildung der Mannschaft traf – da konnte er nur staunen.

In dieser Kajüte, die ihm ein paar Minuten lang wie der Gipfel allen Luxus vorgekommen war, schlug der Kapitän seine eigenen, privaten Schlachten. Er konnte seine Sorgen, seine Verantwortung mit niemandem teilen. Ein Schauer überlief Bolitho. Für einen Mann, der auch nur eine Sekunde an sich selbst zweifelte, konnte diese große Kajüte sehr leicht zum Gefängnis werden.

Er erinnerte sich an seine Kindheit. Manchmal, wenn das Schiff seines Vaters – was freilich sehr selten und nur unter günstigen Umständen vorkam – in Falmouth vor Anker lag, hatte er seinen Vater dort besuchen dürfen. Wie anders war das gewesen! Seines Vaters Offiziere lächelten ihm freundlich zu;

manche benahmen sich direkt unterwürfig ihm gegenüber. Wie änderte sich das, als er seinen Dienst als Midshipman antrat! Wie hochfahrend, wie unduldsam waren die Leutnants!

Scroggs stand wieder neben ihm. »Bringen Sie diese Order dem Bootsmann, und kommen Sie gleich zurück!« Er drückte ihm ein zusammengefaltetes Stück Papier in die Hand.

Bolitho nahm seinen Hut auf und ging eilig an dem großen Schreibtisch vorbei. Er war schon beinahe zur Tür hinaus, da ließ ihn die Stimme des Kapitäns erstarren.

»Wie, sagten Sie, war Ihr Name?«

»Bolitho, Sir.«

»Sehr schön. Ab mit Ihnen, und denken Sie an das, was ich gesagt habe!« Conway blickte auf seine Papiere nieder und wartete, bis die Tür sich geschlossen hatte.

Als er wieder auf- und den Schiffsarzt ansah, bemerkte er kurz: »Wenn man einen neuen Midshipman zuhören läßt, weiß das ganze Schiff sofort, was man vorhat.«

Der Schiffsarzt sah ihn ernsthaft an. »Ich glaube, ich kenne die Familie dieses jungen Mannes, Sir. Sein Großvater war mit Wolfe vor Quebec.«

»Was Sie nicht sagen.« Conway studierte bereits das nächste Schriftstück.

»Er war Konteradmiral, Sir«, fügte der Schiffsarzt leise hinzu.

Aber Conway war in Gedanken schon ganz woanders, wie sein gelindes Stirnrunzeln andeutete.

Der Schiffsarzt seufzte. Kapitäne waren eben völlig unnahbar.

III Die *Athen*

Kurs Südwest und dann Süd, tagaus, tagein, unter fast pausenloser, knochenbrechender Arbeit. Endlich war die schwere, unbeholfene *Gorgon* aus dem engen, schwierigen Ärmelkanal heraus und nahm Kurs auf die berüchtigte Biskaya. Während dieser Zeit schlossen sich Bolitho und seine neuen Kameraden enger aneinander. Sie brauchten ihre vereinte Kraft, nicht nur im Kampf gegen die See, sondern auch, um sich innerhalb des Schiffs zu behaupten. Bolitho hatte einmal gehört, wie Turnbull, der Segelmeister, schwor, das sei für diese Jahreszeit das schlechteste Wetter, an das er sich erinnern könnte; und wenn das jemand sagte, der einige dreißig Winter bei der Königlichen Flotte verbracht hatte, so war das eine ernstzunehmende Feststellung. Besonders jetzt, da Bolithos vorübergehende Arbeit in der Kapitänskajüte zu Ende war. Marracks Arm, den er sich bei jenem ersten Sturm verletzt hatte, war geheilt, und er tat wieder Dienst als Hilfs-Kapitänsschreiber. Und so hingen Bolitho und Dancer wieder zusammen im Vormast, sobald »Alle Mann« gepfiffen wurde, um Segel zu setzen oder zu reffen.

Wenn Bolitho ausnahmsweise Zeit fand, über sein Leben auf dem neuen Schiff nachzudenken, dann hatte er dabei eher seinen körperlichen als seinen seelischen Zustand im Sinn. Ständig verspürte er Hunger. Alle Knochen und Muskeln schmerzten vom ewigen Aufentern oder von der Schinderei bei der Geschützausbildung an den schweren Zweiunddreißigpfündern der unteren Batterie. See und Wind hatten sich etwas beruhigt, das Schiff zog unter fast vollen Segeln seinen Kurs nach Süden. Jetzt war die Mannschaft vorwiegend unter Deck beschäftigt und schwitzte Blut und Wasser beim Drill an den schweren, unhandlichen Kanonen. Daß es im unteren Geschützdeck am allerschlimmsten war, lag zu einem erheblichen Teil an dem Leutnant, der dort das Kommando hatte. Grenfell, der dienstälteste Midshipman, hatte Bolitho bereits vor diesem gewarnt; und als aus langen Tagen noch längere Wochen wurden und das Schiff seinen Schnabel zwischen Madeira und der marokkanischen Küste hindurchschob, die beide nicht einmal der Ausguck im Mastkorb zu sehen bekam, erhielt der Name des Vierten Leutnants, Mr. Piers Tergorren, des Beherrschers der vierundzwanzig schwersten Geschütze an Bord, eine neue und ganz besondere Bedeutung.

Der Vierte war ein Mann von massivem Körperbau, mit schwärzlichem Kinn und strähnigem Haar, das eher zu einem Zigeuner oder Spanier gepaßt hätte als zu einem britischen Seeoffizier. Die Decksbalken über dem düsteren Geschützraum waren so niedrig, daß Tergorren ständig in die Knie gehen mußte, wenn er nach vorn oder achtern schritt, um das Laden und Ausrennen jedes einzelnen Geschützes zu kontrollieren. Er war groß, kräftig, aggressiv und hatte keine Geduld – ein harter und schwieriger Vorgesetzter. Selbst Dancer, der sich die größte Mühe gab, nicht aufzufallen, der übermäßige Anstrengungen zu vermeiden wußte und seine Kräfte in der Hauptsache fürs Essen und Schlafen aufsparte, hatte gemerkt, daß Tergorren einen Piek auf Bolitho hatte. Das war seltsam, dachte Bolitho, denn auch Tergorren stammte aus Cornwall, und zwischen engeren Landsleuten bestand gewöhnlich eine Bindung, die sogar die Wunden und Beulen der Disziplin vertragen konnte.

Infolge dieser Abneigung des Leutnants hatte Bolitho bereits dreimal Extradienst machen müssen, und bei einer anderen Gelegenheit war er bei schwerem Wind in die Vormastsaling geschickt worden und mußte so lange oben bleiben, bis der Wachoffizier ihn wieder abentern ließ. Aber diese Bestrafung, so hart und unfair sie sicherlich war, brachte eine andere Seite des Lebens an den Tag: Der junge Eden kam mit einem Topf Honig, den ihm seine Mutter mitgegeben hatte und den er für eine besondere Gelegenheit aufhob. Tom Jehan, der Stückmeister, ein rechtes Ekel von Deckoffizier, der hinter dem Wandschirm hauste und nur selten geruhte, mit einem lumpigen Midshipman zu reden, brachte einen großen Becher Brandy aus seinen Privatbeständen, damit Bolitho wieder etwas Leben in seine froststarren Glieder bekäme.

Noch schwereren Zoll forderte das harte, endlose Exerzieren an Segeln und Geschützen. Vor Gibraltar fielen zwei Mann über Bord und ertranken, und ein dritter stürzte von der Großrah, brach sich das Rückgrat an einem Achtzehnpfünder und starb. Sein Leichnam wurde in seine Hängematte genäht, mit einer Kanonenkugel beschwert und, während die *Gorgon* in einer steifen Nordostbrise krängte, dem Meer übergeben – eine kurze, aber für die Neuen herzbewegende Zeremonie.

Und wie Risse im Metall zeigten sich weitere Folgen der ständigen Überanstrengung. Es gab Streit unter den Matrosen, manchmal harmlos, manchmal weniger harmlos. Ein Mann war auf den Bootsmannsmaat losgegangen, der ihn zum drittenmal in einer Wache in die Takelung schickte, um ein durchgescheuertes Tau zu spleißen. Die Folge war, daß er zur Bestrafung nach achtern gebracht wurde.

Bolitho war zwölfeinhalb gewesen, als er zum erstenmal eine Auspeitschung mit ansah. Er hatte sich nie an den Anblick gewöhnen können, aber er wußte wenigstens, wie es dabei zuging. Die neuen jüngeren Midshipmen wußten das nicht.

Zuerst wurde gepfiffen: »Alle Mann achteraus zum Strafvollzug!« Dann wurde bei der Gangway eine Grating angeschlagen; inzwischen marschierten die Seesoldaten querschiffs über die Kampanje, und ihre scharlachroten Röcke mit den weißen Koppeln und gekreuzten Schulterriemen hoben sich scharf gegen den dunkelgrau verhangenen Himmel ab. Aus allen Niedergängen, aus jedem Winkel quoll die Mannschaft hervor, bis das Deck, die Wanten und sogar die Bootsgestelle dicht mit stummen Zuschauern besetzt waren.

Und dann schritt die kleine Prozession auf gewundenem Weg zu der angeschlagenen Grating. Voran Hoggett, der Bootsmann, und Beedle, der finstere Waffenmeister, dann Bunn, der Schiffsprofos, mit dem Delinquenten; der Schiffsarzt Doktor Laidlaw machte den Schluß. Auf dem Achterdeck, dessen ausgebleichte Planken mit Schaum und Sprühwasser getüpfelt waren, nahmen die Offiziere und Deckoffiziere, je nach Rang und Würden, ihre Plätze ein. In Lee, etwas abseits, bildeten die zwölf Midshipmen eine kurze Doppelreihe.

Der Oberkörper des Delinquenten wurde entblößt, dann band man ihn an der Grating fest. Sein muskulöser Rücken hob sich bleich vom geschrubbten Holz ab, das Gesicht war nicht zu sehen. Ernst und gemessen verlas der Kapitän die betreffenden Kriegsartikel und schloß mit dem Befehl: »Zwei Dutzend, Mr. Hoggett.«

Und so wurde, unter dem Stakkatowirbel eines einzelnen Trommlers, der während des ganzen Vorgangs starr nach oben in die Hauptrahe blickte, die Strafe vollzogen.

Der Bootmannsmaat, der die neunschwänzige Katze schwang, war von Natur aus ein brutaler Mensch. Aber er war von mächtigem Körperbau, und sein Arm war wie ein Eichenast. Außerdem wußte er genau, daß er sich, wenn er den Unglücksvogel schonte, möglicherweise an dessen Platz wiederfinden konnte. Nach acht Schlägen war der Rükken des Matrosen eine blutige Masse. Nach einem Dutzend war er kaum noch als eines Menschen Rükken zu erkennen. Und so ging es weiter. Immer ein kurzer Trommelwirbel, und gleich darauf das Klatschen der Peitsche auf dem nackten Rücken.

Eden, der jüngste Midshipman, wurde ohnmächtig, und der zweitjüngste, ein bleichgesichtiger Knabe namens Knibb, brach in Tränen aus; die anderen Midshipmen und nicht wenige der zuschauenden Matrosen waren starr und steif und stumm vor Entsetzen.

Es schien eine Ewigkeit zu dauern, bis Hoggett mit heiserer Stimme rief: »Zwei Dutzend, Sir!«

Bolitho bemühte sich, sehr langsam und tief ein- und auszuatmen, während der Mann von der Grating geschnitten wurde. Sein Rücken war zerfetzt wie von den Klauen eines Raubtieres, die Haut, soweit sie nicht aufgerissen war, schwarz von der

Wucht der Peitschenschläge. Er hatte nicht ein einziges Mal geschrien, und einen Augenblick hatte Bolitho gedacht, er sei unter der Peitsche gestorben. Aber der Schiffsarzt zwängte die Kiefer des Mannes auseinander, nahm den Lederriemen heraus, auf den er gebissen hatte, und meldete: »Ohnmächtig, Sir.« Dann winkte er seinen Sanitätsgasten, die den Mann hinunter ins Krankenrevier trugen. Das Blut wurde von den Decksplanken gewaschen, der Trommler und zwei junge Seesoldaten mit Pfeifen stimmten einen munteren Jig an, und nach kurzer Zeit war das normale Leben an Bord wieder im Gange.

Bolitho warf einen raschen Blick auf den Kapitän. Dessen Gesicht war vollkommen ausdruckslos, nur seine Finger trommelten einen kleinen Wirbel auf dem Degengriff, vielleicht im Takt des Jig.

Empört rief Dancer aus: »Was für eine Gemeinheit, einen Mann so zu behandeln!«

Der alte Segelmeister hörte das und knurrte: »Wart nur, bis du 'ne Auspeitschung rund um die Flotte gesehen hast, Kleiner, da hast du erst richtig zu kauen!«

Doch als die Leute zum Mittagessen gingen – Salzfleisch und eisenharter Zwieback, mit einer Pinte kratzigem Rotwein zum Hinunterspülen –, da hörte Bolitho von niemandem ein Wort des Zornes oder der Beschwerde. Anscheinend galt auch hier wie an Bord seines vorigen Schiffes die Regel: Wirst du erwischt, wirst du bestraft. Das Vergehen bestand darin, daß man sich erwischen ließ.

Auch im Midshipmen-Logis fand man sich auf dieser Basis damit ab. Aus der anfänglichen Ängstlichkeit und Verwirrung, der allgemeinen Unsicherheit vor der Frage, was man tun müsse und wann, hatte sich ein neuer Zusammenhalt, eine Härte entwikkelt, von der sogar Eden etwas abbekam.

An erster Stelle standen Essen und Unterkunft; alles andere, auch die Unsicherheit der Reise und der ganze Dienstbetrieb mit allem, was sie auf Befehl taten, wurden allmählich weniger wichtig.

Der kleine Raum, der sich in die hohle Rundung des Schiffsrumpfes schmiegte, war ihr Zuhause geworden; dort zwischen der weißen Wandtür und den schwarzen Seekisten nahmen sie ihre primitiven Mahlzeiten ein, vertrauten sich gegenseitig ihre Geheimnisse und Ängste an und lernten Tag für Tag, der eine vom anderen.

Abgesehen von ein paar dürftigen Inseln, die sie gesichtet hatten, und zwei passierenden Schiffen schien die *Gorgon* den Atlantik für sich allein zu haben. Täglich versammelten sich die Midshipmen auf dem Achterdeck zum Navigationsunterricht unter Turnbulls wachsamen Augen. Jetzt bekamen Sonne und Sterne für manchen einen ganz neuen Sinn; und die Älteren fingen allmählich an zu glauben, ihre Beförderung zum Leutnant sei doch nicht mehr ganz so fern und unwahrscheinlich.

Nach einem besonders üblen Geschützexerzieren an den Zweiunddreißigpfündern schimpfte Dancer: »Der Mann hat den Teufel im Leib!«

Der kleine Eden überraschte alle, indem er sagte: »Er hat die G-gicht; *das* ist sein T-teufel, Martyn.« Sie starrten ihn verwundert an, und mit seiner dünnen, piepsenden Stimme fuhr Eden fort: »Mein V-vater ist Apotheker in B-bristol. Solche F-fälle hat er oft zu b-behandeln.« Er nickte wichtig. »Mr. Tergorren t-trinkt mehr B-brandy, als gut für ihn ist.«

Jetzt wußten sie etwas Neues über Tergorren und konnten das Verhalten des Vierten mit gesteigertem Interesse beobachten. Wenn Tergorren unter den mächtigen Decksbalken umherschlurfte, schwebte sein Schatten an den Luken vorbei wie ein massives Gespenst, und an jedem Geschütz wartete die Mannschaft auf sein Kommando: »Laden!«, »Ausfahren!« oder »Richten!«

Jedes Geschütz wog drei Tonnen, und fünfzehn Mann bildeten die Bedienung für zwei einander gegenüberliegende Geschütze mit der gleichen Nummer. Jeder Mann mußte genau wissen, was er zu tun hatte, und mußte es tun, was auch passierte, unter allen Umständen. Oft genug brüllte Tergorren: »Ich werde euch noch Blut abzapfen, aber das ist gar nichts gegen das, was euch im Ernstfall passiert – also bewegt euch gefälligst!«

Bolitho saß an dem Hängetisch im Midshipmen-Logis; in einer alten Austernschale flackerte eine

Kerze und verstärkte das bißchen Licht, das von einem Niedergang herabfiel. Er schrieb an seine Mutter. Er hatte keine Ahnung, ob und wann sie den Brief lesen würde, aber es tröstete ihn, eine Verbindung mit seinem Elternhaus aufrechtzuerhalten.

Durch seine Sonderstellung als Turnbulls Assistent beim Navigationsunterricht, wo er jeden Tag die Seekarte des Steuermanns zu Gesicht bekam, wußte er, daß der erste Teil ihrer Reise fast geschafft war. Viertausend Meilen, hatte der Kapitän gesagt; und beim Studium der Zickzacklinien auf der Karte, an den täglichen Eintragungen der Schiffsposition nach dem Sonneschießen am Mittag, verspürte er wiederum das erregende Vorgefühl, das sich einstellt, wenn das Schiff in Landnähe kommt. Sechs Wochen waren vergangen, seit sie in Spithead Anker gelichtet hatten. Ständig hatten sie kreuzen müssen, ständig die Segel gekürzt und wieder gesetzt. Auf der Seekarte sah der Kurs wie die Spur eines verwundeten Käfers aus. Eine schnelle Fregatte wäre inzwischen längst wieder auf Heimatkurs, dachte Bolitho neidisch.

Seine Hand mit der Feder blieb in der Luft hängen. Rufe vom oberen Deck drangen gedämpft bis zu ihm herunter. Er löschte die Kerze, barg sie sorgfältig in seiner Seekiste und legte den unvollendeten Brief unter das oberste seiner sauberen Hemden.

Als er aufs Oberdeck kam, kletterte er schnell zum Backbord-Decksgang hinüber, wo sich bereits

Dancer und Grenfell an den Finknetzen festhielten. Aufmerksam spähten sie zum glitzernden Horizont.

»Land?« fragte Bolitho.

»Nein, Dick, ein Schiff!« Dancer grinste ihn an; sein Gesicht, das in dem hellen Sonnenschein noch gebräunter als sonst aussah, war voller Spannung. Man konnte sich jetzt kaum noch an den Regen und die bittere Kälte erinnern, dachte Bolitho. Die See war so blau wie der Himmel, und die leichte Brise war weder beißend noch drohend, sondern einfach frisch. Hoch über Deck leuchteten die Bram- und Marssegel wie bleiche Muschelschalen, und am Masttopp stand der Wimpel steif nach Backbord wie eine blutrote Lanze.

»Deck ahoi!« Alles starrte nach oben auf den kleinen schwarzen Fleck, den Ausguck im Masttopp. »Sie tut nicht antworten, Sir!«

Da erst merkte Bolitho, daß es mit dieser Begegnung etwas auf sich hatte. Der Kapitän stand mit verschränkten Armen an der Reling; sein Gesicht lag im Schatten, und dicht neben ihm beobachteten Midshipman Marrack und seine Signalgasten ihre Heißleinen und die bunte Reihe Flaggen an der Großrah, die das Signal »Welches Schiff?« bildeten.

Bolitho reckte sich so weit über die Finknetze hinaus, daß er im Gesicht und auf den Lippen das Sprühwasser der Fahrtwelle spürte. Dann sah er das Schiff, eine Schonerbark mit schwarzem Rumpf, die Segel ungebraßt vor dem Hintergrund des blendenden Horizonts; die Masten schwangen in der Dünung.

Bolitho ging weiter nach achtern und hörte Mr. Hope, den Wachoffizier, ausrufen: »Bei Gott, Sir, wenn der Kerl nicht auf unser Signal antwortet, hat er bestimmt nichts Gutes im Sinn!«

Verling wandte sich scharf zu ihm um; man sah es ihm an seiner Schnabelnase an, wie gereizt er war. »Wenn er wollte, Mr. Hope, könnte er vor dem Wind ausreißen und wäre in einer Stunde nicht mehr zu sehen!«

»Aye, Sir«, steckte Hope die Zurechtweisung ein. Der Kapitän ignorierte sowohl den Wortwechsel als auch die beiden Offiziere selbst. »Geben Sie dem Stückmeister Order, bitte«, sagte er. »Er soll ein Buggeschütz ausfahren und ihm einen Schuß vor die Nase setzen, so dicht wie möglich. Die müssen schlafen oder betrunken sein.«

Aber auf das Krachen eines einzelnen Neunpfünders geschah nichts weiter, als daß eine Anzahl Matrosen der *Gorgon* neugierig an Deck gerannt kam. Die Barkentine (wie man in südlichen Gewässern eine Schonerbrigg auch nennt) trieb weiter, ohne zu reagieren; ihre Vormarssegel standen beinahe back, die großen Segel am Haupt- und Kreuzmast zitterten im Dunst der Hitze.

Der Kapitän befahl kurz: »Segel kürzen und beidrehen, Mr. Verling! Und machen Sie das Achterdeckboot klar! Der Kerl gefällt mir nicht.«

Die Pfeifensignale schrillten und zwitscherten um das Hauptdeck, und innerhalb weniger Minuten drehte die *Gorgon* bei und legte ihren schweren Rumpf in den Wind; jedes Segel, jedes Tauende schlug und knallte in dem Durcheinander.

Dancer kam nach achtern zu Bolitho. »Denkst du ...«

Er schwieg, als Bolitho ihn flüsternd unterbrach: »Sei still und bleib hier!«

Bolitho beobachtete, wie der Bootsmann Hoggett auf der gegenüberliegenden Seite eine Bootsbesatzung zusammenstellte und musterte, während die *Gorgon* beigedreht lag und in der leichten Brise knarrte und ächzte. Dann ließ Hoggett die Pinasse klarmachen und längsseits bringen.

Der Kapitän sprach mit Verling, aber bei dem dumpfen Schlagen der schlaffen Segel konnte Bolitho nicht verstehen, was er sagte. Auf einmal drehte sich der Erste blitzschnell um, und seine Schnabelnase schwenkte über das Deck wie eine Drehkanone.

»Befehl weitergeben: Mr. Tergorren führt das Enterkommando. Klar zum Ablegen!« Immer noch schwenkte seine Nase herum, während der Befehl von Mann zu Mann weitergegeben wurde. »Die beiden Midshipmen da! Waffen empfangen und mitfahren!«

Bolitho faßte an den Hut. »Aye, aye, Sir!« Er versetzte Dancer einen heimlichen Rippenstoß. »Ich wußte ja, er würde sich die greifen, die gerade in der Nähe waren!«

Dancers Augen glänzten vor Erregung. »Endlich mal was anderes«, grinste er.

Am Fallreep drängten sich die rasch zusammengeholten Rudergasten und die bewaffnete Entermannschaft und starrten über das blaue Wasser auf das etwa eine halbe Meile entfernte Schiff, das jetzt beinahe querab trieb. Mr. Hope rief: »Ich kann den Namen erkennen, Sir!« Aber es klang etwas zurückhaltend – er hatte Verlings Sarkasmus von vorhin noch nicht vergessen. In der schweren Dünung hatte er einen sehr unsicheren Stand, aber er behielt das Teleskop am Auge und ließ das Schiff nicht aus dem Blickfeld. »Kein Zeichen von Leben an Bord.«

Am Fallreep erschien Leutnant Tergorren. Jetzt, da er sich nicht wie in der niedrigen Batterie ständig bücken mußte, wirkte er noch größer und massiger. Mit einem raschen Blick musterte er das Prisenkommando.

»Daß mir keiner aus Versehen seine Pistole oder Muskete abfeuert!« sagte er grob. »Seid auf alles gefaßt.«

Dann blieb sein Blick auf Bolitho haften. »Und was Sie betrifft . . .«

Aber er unterbrach sich, als er die scharfe Stimme des Kapitäns vom Achterdeck vernahm: »Bemannen Sie Ihr Boot, Mr. Tergorren!« Seine Augen glänzten wie Glas in der hellen Sonne. »Wenn Fieber an Bord ist, will ich nichts damit zu schaffen haben. Ansonsten tun Sie, was Sie können, und beeilen Sie sich!«

Bolitho sah den Kapitän nachdenklich an. Er kannte ihn eigentlich nur von weitem, oder allenfalls von der Arbeit mit seinen Offizieren. Und doch war er ziemlich sicher, daß Kapitän Conway nervös war, so nervös, daß er zu seinem Leutnant vor den Ohren der Mannschaft in so scharfem Ton sprach. Er wurde rot, als die kalten Augen auf ihm haften blieben.

»Sie da!« Der Kapitän hob die Hand. »Wie war doch gleich Ihr Name?«

»Bolitho, Sir.« Komisch – kein Mensch merkte sich den Namen eines Midshipman.

»Schön, also Bolitho. Wenn Sie Ihren Tagtraum ausgeträumt haben, beziehungsweise mit dem Gedicht an Ihre Liebste fertig sind, wäre ich Ihnen dankbar, wenn Sie ins Boot gingen.«

Ein paar Matrosen auf dem Decksgang feixten verstohlen, und Tergorren knurrte wütend: »Hab' ich mir doch gedacht, daß ich mit Ihnen auffalle!« Er versetzte Bolitho einen Stoß mit der Handfläche. »Wir sprechen uns noch.«

Aber als Bolitho erst im Boot saß, einem der 28-Fuß-Kutter der *Gorgon*, wandte er keinen Gedanken mehr an des Kapitäns Launen, an Tergorrens Feindseligkeit und an die Strapazen der sechs Wochen auf hoher See. Von der überfüllten Achterplicht, von den Männern und ihren Waffen, von Tergorrens massigem Schatten, der über den hart pullenden Ruderern schwankte, wandte er seinen Blick zurück. Wie riesig und unverwundbar die *Gorgon* von so einem niedrigen Boot aus wirkte! Über ihrem Spiegelbild in der leichtbewegten See wuchsen die Masten kraftvoll und schwarz in den Himmel – ein Symbol der Seemacht.

Bolitho konnte Dancer ansehen, daß er ebenfalls erregt war. Er war schlanker geworden seit damals im *Blue Post's Inn*, aber auch zäher und selbstsicherer.

»Ruft den Kerl an!« blaffte Tergorren. Er stand aufrecht im Boot, das heftig stampfte, doch das schien ihm gar nichts auszumachen.

Der Mann im Bug legte die Hände an den Mund. »Schiff ahoi!« Aber die einzige Antwort war das Echo seiner Stimme.

»Was hältst du davon?« flüsterte Dancer.

Bolitho schüttelte den Kopf. »Ich weiß nicht recht.«

Hoch über den schwitzenden Ruderern schwankten die Rahen an Groß- und Besanmast des Fremdlings müde knarrend in der Brise.

»Riemen an!«

Die Ruderer hielten das Boot auf der Stelle, und der Bugmann schleuderte einen Draggen hoch über das Schanzkleid des Schiffes.

»Belegen!« kommandierte Tergorren. Er blickte

ein Weilchen aufmerksam auf das Schanzkleid, ob sich nicht doch jemand zeigte. Dann: »Entern!«

Der Bootsmann hatte nur erfahrene Matrosen ausgesucht; in ein paar Sekunden waren alle Mann über das sonnengedörrte Schanzkleid geklettert und standen dichtgedrängt unter den Segeln, die wie Eulenflügel flappten.

»Mr. Dancer!« befahl Tergorren. »Nehmen Sie die Luke im Vorschiff!« Er deutete auf einen der Bootsmannsmaaten – es war derselbe, der seinerzeit die Prügelstrafe an dem Matrosen vollstreckt hatte. »Thorne, Sie sorgen dafür, daß die Hauptluke sicher ist.« Zu Bolithos Überraschung zog er eine Pistole aus dem Gürtel und spannte sie sorgfältig. »*Mister* Bolitho, und ihr beide da – mit mir zum Achterdeck!«

Bolitho warf seinem Freund einen raschen Blick zu, aber der zuckte nur die Schultern und ging mit seinen zwei Mann zur Vorschiffsluke.

Jetzt lächelte keiner mehr. Die Barkentine war wie ein Gespensterschiff, verlassen und aufgegeben, die Mannschaft wie durch Zauber verschwunden. Er schaute zur *Gorgon* hinüber, aber auch die schien weiter weg zu sein – man fühlte sich ihres Schutzes nicht mehr sicher.

Tergorren knurrte: »Dieser blutiggottverdammte Kasten stinkt!« Er stand über einem Niedergang und spähte, den Kopf zur Seite geneigt, in das Dunkel. »Jemand da unten?«

Aber nur die See und das melancholische Knarren des unbemannten Ruders waren zu vernehmen.

Tergorren blickte zu Bolitho hin. »Gehen Sie runter!« Schon wandte sich Bolitho zum Gehen, aber Tergorren faßte ihn am Handgelenk und sagte wütend: »Mensch, machen Sie Ihre Pistole schußfertig, verdammt noch mal!«

Bolitho zog die schwere Waffe aus dem Gürtel und starrte sie ratlos an. »Und gehen Sie gefälligst nicht rückwärts die Leiter runter!« sagte der Leutnant noch.

Unterhalb des Sills blieb Bolitho einen Moment stehen, um seine Augen an das Halbdunkel unter Deck zu gewöhnen. Jetzt, im Schiffsraum, hörte er Geräusche, die man dort immer hört; aber es fiel ihm nicht ganz leicht zu glauben, daß es völlig normal war, was er da hörte: das Schlappen des Wassers in der Bilge, das Reiben und Klappern losen Gutes. Er roch Kerzentalg, modrige Luft, den fauligen Gestank des Bilgewasser, abgestandenes Essen.

Oben rief ein Mann: »Alles klar im Vorschiff, Sir!«, und er entspannte sich ein wenig. Gedämpft, aber unverkennbar hörte er Tergorrens stampfende Schritte oben auf den Decksplanken, der anscheinend ziellos hin und her ging. Vermutlich wußte er nicht recht, wie es weitergehen sollte. Immerhin, dachte Bolitho, hatte es Tergorren mächtig eilig gehabt, ihn allein, ohne einen zweiten Mann, unter Deck zu schicken. Vielleicht interessierte es den

Leutnant, was es mit diesem merkwürdigen, verlassenen Schiff auf sich hatte; aber die Sicherheit seines Midshipman interessierte ihn ganz bestimmt nicht.

Bolitho stieß eine kleine Kajütentür auf und trat gebückt ein. Der Raum mit den tiefgezogenen Decksbalken war so niedrig, daß er in der Finsternis krumm wie ein Buckliger umherschleichen und sich mit den Händen festhalten mußte, damit das dümpelnde Schiff ihn nicht aus dem Gleichgewicht warf. Dicht vor seinem Kopf stieß seine tastende Hand an eine Laterne, die von der Decke hing. Sie war eiskalt. Jemand öffnete ein Oberlicht, und es wurde hell. Vom blendenden Sonnenlicht umrahmt, blickte Tergorrens massiges Gesicht auf ihn nieder.

»Was, zum Teufel, machen Sie da, *Mister* Bolitho?«

Aber er brach erschrocken ab, und als Bolitho seinem starren Blick folgte, sah er auch, warum. Hingestreckt in der Ecke lag ein Mann – oder was noch von ihm übrig war. Er hatte mehrere fürchterliche Hiebe mit einem Beil oder Entermesser über den Kopf bekommen; auch in Brust und Flanken hatte er mehrere Wunden. In dem Strahl vom Oberfenster sah es aus, als habe er die Augen vor dem plötzlich blendenden Licht zusammengekniffen und starre Bolitho durch die Schlitze voller Entsetzen an.

»Allmächtiger Gott!« stieß Tergorren endlich

hervor. Und als Bolitho immer noch starr und steif neben dem Leichnam stehen blieb, kommandierte er grob: »An Deck mit Ihnen!«

In dem blendenden Sonnenlicht kam es Bolitho erst vor, als zitterten ihm die Hände, doch als er auf sie heruntersah, waren sie so ruhig wie sonst.

Tergorren befahl: »Übernehmen Sie das Ruder, Thorne! Und Sie, Mr. Dancer, gehen mit Ihren Männern durch die Hauptluke und durchsuchen das Schiff! Ihr anderen fangt endlich an, diese verdammten Segel zu bergen!«

Er wandte sich um, als Dancer meldete: »Die *Gorgon* nimmt wieder Fahrt auf, Sir.«

»Ja.« In angestrengtem Nachdenken runzelte der Leutnant die Stirn. »Sie wird bis auf Rufweite herankommen. Bis dahin will ich einigermaßen Bescheid wissen, was hier los ist.«

Es war, als setze man ein zerrissenes Buch wieder zusammen. Dancers Untersuchung ergab, daß die Barkentine Spirituosen geladen hatte, hauptsächlich Rum; aber im Laderaum war nichts mehr, nur in den Ecken standen ein paar leere Fässer aufeinandergestapelt. Auf der Steuerbordreling des Achterdecks und auch an der Kompaßbussole fanden sie eingetrocknetes Blut, außerdem Pulverschmauch von Pistolenschüssen.

Der einsame Leichnam in der Kajüte mußte der Kapitän sein; vermutlich war er unter Deck geeilt, um sich zu bewaffnen oder Wertgegenstände zu retten oder auch bloß, um sich zu verstecken. Sicher war nur, daß er brutal ermordet worden war.

Bolitho hörte, wie Tergorren zum Bootsmannsmaat sagte: »Muß eine Meuterei gewesen sein – die Schufte haben alle umgebracht, die nicht mitmachen wollten, und dann das Schiff aufgegeben.« Aber die beiden Boote der Schonerbark waren noch immer an Deck festgelascht.

Dann, als bereits die mächtige Segelpyramide der *Gorgon* acheraus heranglitt, entdeckte Heather, einer von Dancers Männern, etwas Neues. Kurz hinter dem Hauptladeraum hatte ein Geschoß die Schiffswand getroffen, und wenn der Rumpf in ein tieferes Wellental eintauchte, konnte man es noch in der Beplankung stecken sehen. Bolitho beugte sich über die Wanten hinaus und sah den scharfzackigen Fleck wie ein böses Auge glänzen.

Bedächtig sagte Tergorren: »Muß wohl ein Pirat oder so gewesen sein. Als die Barkentine nicht beidrehen wollte, hat er ihr einen Schuß verpaßt und sie dann geentert.« Er zählte die einzelnen Punkte an seinen spatelförmigen Fingern ab. »Zweitens die Mannschaft abgeschlachtet und über Bord geworfen. Haifische gibt's hier ja genug. Drittens die Ladung übernommen, und viertens wieder abgelegt.«

Nervös wandte er sich um, als Dancer fragte: »Aber warum haben sie das Schiff nicht selbst übernommen, Sir?«

»Darauf wollte ich gerade kommen«, sagte er ärgerlich. Er gab jedoch keine weiteren Erklärungen. Statt dessen legte er die Hände an den Mund und begann, seine Meldungen zur *Gorgon* hinüberzurufen.

Über den schmalen Streifen Wasser hörte Bolitho Verlings Antwort, die er durchs Sprachrohr gab: »Suchen Sie weiter, und bleiben Sie in Lee.«

Damit wollte er anscheinend Zeit gewinnen, um sich in Seehandbüchern und Schiffsregistern über die Schiffahrt in diesen Gewässern zu informieren. Die *Athen* war offensichtlich kein neues Schiff und mußte im westindischen Rumhandel bekannt sein.

Bolitho erschauerte bei der Vorstellung, er könne plötzlich, allein auf sich gestellt, einem Angriff blutdürstiger, schwerbewaffneter Enterer ausgesetzt sein.

»Wir gehen wieder achtern unter Deck!« befahl Tergorren kurz. Er schritt zum Niedergang; Bolitho folgte ihm.

Obwohl er darauf vorbereitet war, erschütterte ihn der Anblick ebenso wie beim erstenmal. Er versuchte, dem Toten nicht ins Gesicht zu sehen, als Tergorren nach kurzem Zögern dessen Taschen zu durchsuchen begann. Logbuch und Seekarten der *Athen* waren nicht mehr da, wahrscheinlich hatten die Piraten sie über Bord geworfen; aber in einer Ecke der durchwühlten Kajüte, fast unter der Koje verborgen, fand Tergorren einen leinenen Briefumschlag. Er war leer, doch der Name des Schiffsagenten in Martinique war deutlich lesbar aufgedruckt. Besser als nichts.

Der Leutnant stellte einen umgeworfenen Stuhl wieder auf und setzte sich gewichtig hin, und noch im Sitzen streifte sein Kopf beinahe die Decksbalken. So blieb er einige Minuten und starrte auf den Leichnam. Das Nachdenken mußte ihn anstrengen; seine Miene war finsterer als je.

»Ich glaube, Sir«, sagte Bolitho, »es muß noch ein drittes Schiff dagewesen sein. Die Angreifer oder Piraten müssen seine Segel gesichtet haben und dann geflohen sein, weil sie wußten, daß man sich zunächst für dieses Schiff hier interessieren würde.«

Einen Augenblick lang dachte er, Tergorren hätte ihn überhaupt nicht gehört.

Dann aber sagte der Leutnant ganz sanft: »Wenn ich Ihre Hilfe brauche, Mr. Bolitho, werde ich Sie darum ersuchen.« Er blickte auf; seine Augen lagen im Schatten. »Sie mögen der Sohn eines Fregattenkapitäns sein und der Enkel eines Konteradmirals, aber für mich sind Sie ein Midshipman – das heißt, weniger als nichts.«

»Ich – ich bitte um Entschuldigung, Sir. Ich wollte Sie nicht beleidigen.«

»O ja, ich kenne Ihre Familie.« Tergorrens Atem ging schwer vor Erregung und unterdrückter Wut. »Ich habe Ihr feines Haus gesehen, und die Grabplatten an der Kirchenwand! Also, *ich* hatte keinen reichen Vater im Hintergrund, der mir half, und bei

Gott, ich werde dafür sorgen, daß Sie an Bord keine Extrawurst gebraten kriegen, verstanden?« Er wandte sich ab und dämpfte seine Stimme, was ihn offensichtlich Anstrengung kostete. »Jetzt lassen Sie jemanden eine Leine herunterwerfen und den Leichnam an Deck hieven. Dann lassen Sie die Kajüte aufklaren – hier stinkt's wie unterm Galgen!«

Er faßte ans Stuhlbein. Getrocknetes Blut klebte daran, schwärzlich in dem einfallenden Sonnenlicht.

»Wahrscheinlich gestern«, murmelte er vor sich hin, »sonst wären die Ratten schon hiergewesen.« Dann knallte er sich seinen salzfleckigen Dreispitz auf den Kopf und stapfte aus der Kajüte.

Nachher, als Bolitho und Dancer am Schanzkleid standen und dem Leutnant nachblickten, der sich zur *Gorgon* hinüberrudern ließ, um Meldung zu erstatten, erzählte Bolitho seinem Freund etwas von dem, was sich zwischen ihm und Tergorren abgespielt hatte. Dancer sah ihn bedauernd an. »Ich wette, er wird deine Idee dem Kapitän als seine eigene unterschieben, Dick. Das sähe ihm ähnlich.«

Bolitho faßte seinen Freund am Arm. Tergorrens letzte Anweisungen, bevor er ins Boot gegangen war, fielen ihm ein: »Halten Sie das Schiff steuerfähig bis auf weitere Order, und schicken Sie einen guten Mann in den Ausguck!« Und dann hatte er, mit einer Geste zu dem Leichnam hin, der beim Ruder lag, noch gesagt: »Und werfen Sie *das* über Bord! Vermutlich wird der eine oder andere von euch ebenso enden.«

Später blickte Bolitho auf die leere Stelle, wo der Unbekannte gelegen hatte. Fühllos und leblos.

»Ich habe noch mehr Ideen«, sagte er und lächelte dabei, um seinen Ärger zu vergessen. »Wenigstens weiß ich jetzt, warum er mich nicht leiden kann.«

Dancer hatte seine eigenen Gedanken. »Weißt du noch – der arme Invalide im *Blue Post's Inn*?« Er machte eine Handbewegung über die paar Männer an Deck hin. »Er hat gesagt, wir würden beide Kapitäne werden – und, bei Gott, nun haben wir schon ein eigenes Schiff.«

IV »Klar Schiff zum Gefecht!«

Die Offiziersmesse der *Gorgon*, direkt unter der großen Kapitänskajüte gelegen, war voller Menschen, vom Schott bis zu den Heckfenstern. Um sie herum lagen die kleinen, weißgestrichenen Offizierskajüten. Die Messe diente als Gemeinschafts- und Speiseraum für die Leutnants, den Steuermann, die Offiziere der Marine-Infanterie und den Schiffsarzt Laidlaw.

Aber jetzt, im roten Schein der untergehenden Sonne, der durch die Heckfenster einfiel und von den kreisenden Deckenlampen verstärkt wurde, bevölkerte so ziemlich alles die Offiziersmesse, was einen höheren Rang als den eines Maats innehatte, mit Ausnahme derjenigen, die gerade Schiffsdienst taten.

Bolitho und Dancer hatten an einem offenen Fenster an der Backbordseite Platz gefunden und spähten hoffnungsvoll nach einer Erfrischung aus. Aber wenn auch die Offiziersmesse ihren Raum für Dienstbesprechungen zur Verfügung stellen mußte, war sie jedoch anscheinend nicht geneigt, ihre ungebetenen Gäste auch noch zu bewirten.

Den ganzen Tag lang, während die *Gorgon* und ihr kleines Begleitschiff unter halb gerefften Segeln geistergleich dahinschlichen, hatten Bolitho und Dancer gegrübelt und spekuliert, wie es weitergehen würde und was sie wohl dabei für eine Rolle zugeteilt bekämen. Endlich holte ein Boot sie ab und brachte sie auf die *Gorgon* zurück. Thorne, der Bootsmannsmaat, bemerkte dazu mit gerade soviel Ironie, wie er glaubte, riskieren zu können: »Ich hoffe, ich kann *zur Not* allein fertig werden, bis die jungen Herren zurückkommen, Sir.« Er hatte zehn Dienstjahre bei der Kriegsmarine hinter sich.

Nun beobachteten Bolitho, Dancer und die anderen Midshipmen, von den Leutnants und den Offizieren der Marine-Infanterie vornehm übersehen, die Tür beim Besanmast, der die Offiziersmesse vom Fußboden bis zur Decke durchlief. Es war wie im Theater, wenn man auf das Erscheinen des Hauptdarstellers wartet; oder bei Gericht auf Seine Lordschaft den Richter, welcher die Verhandlung eröffnen wird.

Bolitho sah sich, nicht zum erstenmal, in der Messe um. So sehr sie sich von der geräumigen Kapitänskajüte unterschied, war sie doch immer noch ein Palast gegen das Midshipmen-Logis und die Batterie. Selbst die winzigen Türen der Offizierskammern, hinter denen nur für eine Koje und ein Spind

Raum war, ließen an etwas Persönliches und an eine Art Privatleben denken. Ein richtiger Tisch und, hier und da zwischen den stehenden Männern, ein paar gute Stühle – das war schon etwas anderes als die aufgereihten schwarzen Seekisten an der ewig tropfenden Rumpfbeplankung des Orlopdecks.

Er wandte sich um und lehnte sich aus dem geöffneten Fenster. Blutrot in der Abendsonne, flog die Gischt vom Ruder ab; und am Horizont zog die Sonne einen breiten Streifen aus Millionen tanzender, blitzender Spiegel. Es war schwer, dabei an Mord und Gefahren zu denken, an den Erschlagenen in der Barkentine, die jetzt im Lee der *Gorgon* segelte.

Noch zwei Jahre, dachte Bolitho, dann stand auch ihm ein Anteil an einer Offiziersmesse wie dieser zu. Eine Sprosse die Leiter weiter hinauf.

Plötzlich sagte Dancer: »Sie kommen!«, und man hörte am Scharren der Füße, daß alle Haltung einnahmen.

Verling erschien als erster; er hielt die Tür auf, so daß Kapitän Conway eintreten konnte, ohne die gekreuzten Hände vom Rücken nehmen zu müssen.

Conway trat zum Tisch und sagte: »Die Herren können sich setzen, wenn sie wünschen.«

Fasziniert beobachtete Bolitho den Kapitän. Obwohl ihn die Leutnants, Deckoffiziere und Midshipmen eng umstanden, gelang es ihm doch, den Eindruck einer gewissen Distanz hervorzurufen. Er trug einen tadellos gebügelten blauen Rock mit Goldknöpfen und weißen Aufschlägen, so neu, als käme er frisch vom besten Schneider Londons. Seine Kniehose und die Strümpfe sahen ebenso aus, und sein Haar war im Nacken mit einem ganz neuen Band zusammengebunden. Die Midshipmen pflegten solche Bänder für besondere Gelegenheiten aufzuheben. Bolitho zum Beispiel hatte sein langes schwarzes Haar in Kragenhöhe mit einem Ende Angelschnur gebunden.

»Achtung!« kündigte Verling kurz an. »Der Kapitän wünscht, Ihnen eine Eröffnung zu machen.«

Die ganze Messe schien den Atem anzuhalten; deutlich hörte man von draußen das Sausen der See und des Windes, das unregelmäßige Knarren des Ruders tief unten vor den Heckfenstern. Und Bolitho wurde sich mit Erstaunen darüber klar, daß sie viertausend Meilen weit gesegelt waren, ohne wirklich zu wissen, warum.

Gemessen sprach der Kapitän: »Ich habe Sie alle hierhergerufen, um Zeit zu sparen. Wenn ich zu Ende bin, werden Sie in Ihre Divisionen gehen und nach eigenem Ermessen den Leuten klarmachen, was wir vorhaben. Das ist meines Erachtens weit besser als alle schönen Reden vom Achterdeck hinunter.« Er räusperte sich und blickte in die erwartungsvollen Gesichter. »Ich habe Befehl, das Schiff an die Westküste Afrikas zu bringen und dort Patrouille zu fahren. Falls es im Verlauf des Auftrags wichtig oder wünschenswert erscheint, kommt auch der Einsatz von Matrosen und Marine-Infanterie bei einem Landeunternehmen in Frage. Seit ein paar Jahren bedrohen Piraten in wachsendem Maße diese Küste, und manches Schiff ist beschossen worden oder ganz verschwunden.«

Er sprach ohne jede Erregung, und Bolitho war es unbegreiflich, wie solche äußere Ruhe überhaupt möglich war. Da hatte dieser Mann eine Reise von mehreren tausend Meilen hinter sich und noch viele Meilen vor sich und trug dabei die Verantwortung für die Gesundheit und Führung einer ungeübten Mannschaft, wobei es außerdem vollkommen ungewiß war, was er am Ziel der Reise finden würde. Ein Schiff zu kommandieren war wohl doch nicht so einfach, wie er es sich vorstellte.

Conway fuhr fort: »Nach den Berichten, die der Admiralität vorliegen, hat sich eine Piratenbande an der Küste von Senegal festgesetzt.« Sekundenlang hafteten seine Augen auf dem unruhigen Haufen der Midshipmen. »Welche Küste jetzt nicht ganz dreißig Meilen voraus in Lee liegt, wie mir Mr. Turnbull versichert.«

Der rotgesichtige Segelmeister lächelte grimmig und nickte. »Beinahe könnte man hinspucken, Sir.«

»Gewiß.« Der kurze Anflug von Humor war schon wieder vorbei. »Es ist meine Pflicht, diesen Schlupfwinkel zu entdecken; und ich beabsichtige, ihn zu zerstören und alle zu bestrafen, die für diese Verbrechen verantwortlich sind.«

Trotz der stickigen Hitze in der Messe erschauerte Bolitho – er erinnerte sich an die verwitterten Leichname einiger Seeräuber, die vor seiner Heimatstadt Falmouth in Ketten am Galgen baumelten.

»Natürlich«, sprach der Kapitän mit einem Anflug von Sarkasmus weiter, »haben Ihre Lordschaften in ihrer erhabenen Weisheit für diese Aufgabe einen Vierundsiebziger gewählt« – der Steuermann und ein paar von den Älteren nickten grinsend zu diesen Worten –, »ein Schiff, das zuviel Tiefgang hat, um dicht unter der Küste operieren zu können, und das zu langsam ist, um ein Piratenschiff auf hoher See fangen zu können! Immerhin haben wir jetzt die Barkentine. Mr. Tergorren hat sie inzwischen soweit in Ordnung gebracht, daß sie im Dienst des Königs zu verwenden ist.«

Mehrere Köpfe drehten sich nach dem massigen Leutnant um, und Conway fuhr fort: »Er hat mir berichtet, was er über das Schicksal dieses Schiffes festgestellt hat und daß die Angreifer möglicherweise wegen Auftauchen eines weiteren Schiffes geflohen sind. Da sich das vermutlich gestern abgespielt hat, können es durchaus unsere Bramsegel gewesen sein, die der Pirat gesichtet hat. Wenn es um diese Zeit war, und wenn man Wind und Strömung in Betracht zieht, kann die *Athen* durchaus so im Dunst gestanden haben, daß wir sie nicht sehen konnten, während wir selbst gegen die untergehende Sonne standen, so wie es jetzt der Fall ist.«

Er zuckte die Achseln, als habe er genug von diesen Spekulationen. »Sei dem, wie ihm wolle – sie haben ein friedliches Kauffahrteischiff beraubt und zweifellos die Mannschaft vor die Haie geworfen oder durch Drohungen gezwungen, sich ihnen anzuschließen, so daß diese Männer zusammen mit ihren Überwältigern hängen werden, wenn wir sie kriegen – und kriegen müssen wir sie!«

Verling merkte, daß der Kapitän Schluß machen wollte. »Irgendwelche Fragen?« erkundigte er sich.

Dewar, der Major der Marine-Infanterie, fragte unumwunden: »Mit was für Widerstand ist zu rechnen, Sir?«

Der Kapitän blickte ihn sekundenlang stumm an. »Ungefähr eine Meile vor der Küste liegt eine kleine Insel. Vor etwa vierhundert Jahren wurde sie entdeckt und war seitdem meistens besetzt: von den Holländern, den Franzosen und sogar von uns. Gegen Angriffe von der Küste her ist sie gut zu verteidigen. Die See dort ist voller Haie ...« Er machte eine Pause, und sein Blick wurde ungeduldig.

»Noch Fragen?«

Hope, der Fünfte Leutnant, fragte zögernd: »Wieso gegen Angriffe von der Küste, Sir?«

Überraschenderweise lächelte Kapitän Conway ein bißchen. »Eine gute Frage, Mr. Hope. Ich freue mich, daß wenigstens einer aufgepaßt hat.« Er ignorierte sowohl Hopes freudiges Erröten als auch Tergorrens finstere Miene. »Aus einem einfachen Grund: die Insel ist als Sammelplatz für Sklaven zur Verschiffung nach Amerika benutzt worden.« Er spürte das plötzliche Unbehagen bei den Offizieren und fuhr unwillig fort: »Ein übles Geschäft, aber nicht illegal. Die Händler sammeln dort ihre menschliche Ware, und jeder, der ihren Ansprüchen nicht genügt, geht zu den Haien. Diese ›Einrichtung‹ hindert auch eventuelle Freunde und Verwandte der Gefangenen, diese vor dem Höllenleben zu retten, das sie erwartet.«

Major Dewar warf seinem Leutnant einen Blick zu und murmelte grimmig: »Bei Gott, denen werden wir's zeigen, was? Sklaverei, so oder so, interessiert mich einen Dreck, aber Piraten sind für mich einfach Ungeziefer.«

Leise sagte Dancer: »Mein Vater hat oft gesagt, Sklaverei und Seeräuberei gehen Hand in Hand. Die einen leben von den anderen, oder wenn es ihnen in den Kram paßt, verbünden sie sich gegen die Staatsmacht.«

Aufgeregt murmelte der kleine Eden: »Wartet b-bloß, bis die *Gorgon* euch über den Hals k-kommt!« Er rieb sich die Hände. »Wartet b-bloß ab!«

»Ruhe da drüben!« blaffte Verling. Gelangweilt ließ der Kapitän seine Blicke durch die Masse schweifen. »Wir werden beigedreht liegenbleiben und dann morgen dicht unter Land segeln. Die Küste hier ist sehr gefährlich; ich habe keine Lust, den Kiel auf ein Riff zu setzen. Unser neues Begleitschiff wird die Vorhut bilden. Bei Sonnenaufgang werden die Landekommandos eingeteilt.« Er schritt zur Tür. »Machen Sie weiter, Mr. Verling!«

Der Erste wartete, bis die Tür sich hinter dem Kapitän geschlossen hatte, und sagte dann: »Wegtreten auf Divisionen.« Dann wandte er sich an den Steuermannsmaaten: »Mr. Ivy, Sie übernehmen die *Athen* für diese Nacht. Ich schlage vor, Sie lassen sofort ein Boot klarmachen.«

Dancer seufzte. »Erst stiehlt Tergorren dir deine Idee, Dick, und nun werden wir auch noch unser erstes Kommando los.« Er grinste. »Aber ich muß sagen, ein bißchen sicherer fühle ich mich doch auf dieser dicken alten Dame!«

Auch der kleine Eden grinste. »Ich r-rieche Essen!« Eilends, als würden seine Füße von seinem Magen getrieben, verließ er die Offiziersmesse.

»Wir gehen auch, Dick!« Aber als sie auf dem Geschützdeck waren, hörten sie hinter sich Tergorrens Stimme: »Belegen! Ich habe Arbeit für Sie beide! Entern Sie zur Bramsegelrahe auf und sehen Sie nach, ob diese faulen Hunde richtig gespleißt haben, als wir an Bord der Prise waren!« Er warf ihnen einen kalten Blick zu. »Doch nicht etwa zu dunkel für Sie? Oder zu *gefährlich*?«

Dancer öffnete schon den Mund zu einer Entgegnung, aber Bolitho sagte rasch: »Aye, aye, Sir.«

»Aber gefälligst nicht schummeln!« rief der Leutnant hinter ihnen her.

Draußen fing es schon an dunkel zu werden. Bei den Webeleinen murmelte Bolitho vor sich hin: »Ob ich wohl jemals diese verdammte Höhenangst loswerde?«

Sie blickten zu dem schwarzen Kreuz und Quer der Takelung auf, zu dem großen Vormarssegel und zu dem Segel darüber. In dem schwindenden Abendlicht, das die Decksplanken schon nicht mehr erreichte, erglühte es in tiefem Rot.

»Ich gehe allein hinauf, Dick«, sagte Dancer. »Er merkt es schon nicht.«

Bolitho lächelte grimmig. »*Der* merkt das bestimmt, Martyn. Das will er ja gerade.« Er legte Hut und Rock ab und stopfte sie unter eine Klampe. »Also los! Wenigstens wird es uns Appetit machen.«

Achtern, bei dem mächtigen, doppelten Steuerrad, beobachteten die Rudergasten die schwingende Kompaßnadel und ließen die Speichen ganz leicht spielen. Mit ihren nackten Füßen standen sie wie angewachsen auf den Planken. Ruhelos schritt der Wachoffizier an der Luvseite auf und ab und warf gelegentlich einen Blick nach Lee, wo die einzige Laterne der Barkentine einen winzigen Reflex auf die Wasserfläche warf.

Kapitän Conway trat aus dem Achterkastell hinter das Ruder, die Hände, wie immer, auf dem Rücken gefaltet. Automatisch paßte er seine Körperhaltung den Schwankungen des Schiffes an. Der Erste Rudergänger stieß seinen Kameraden an und rief: »Südost bei Süd liegt an, Sir.«

Conway nickte und wartete, bis der Leutnant ebenso diskret wie eilig nach Lee hinübergewechselt war, damit der Kapitän die nötige Ruhe und Einsamkeit für seinen Abendspaziergang hatte.

Auf und ab, hin und zurück tappten seine Schritte auf den glatten Planken. Einmal verhielt er und warf einen kurzen Blick durch die Riggen auf die beiden schattenhaften Gestalten, die hoch oben auf der Bramsegelrahe hockten wie Vögel auf ihrer Stange. Aber im Weitergehen und Nachdenken über den nächsten Tag hatte er sie bald vergessen.

An diesem Morgen wurde die gesamte Mannschaft sehr früh aus den Hängematten gescheucht, und es gab ein hastiges Frühstück aus Hafergrütze und geröstetem Schiffszwieback, mit einem Krug Ale zum Anfeuchten. Jedoch ein älterer Matrose bemerkte dazu mit düsterer Miene: »So früh und so reichlich – das heißt, der Kapitän rechnet damit, daß was passiert.«

Und dann, als sich im Osten die ersten Spuren der Morgendämmerung bemerkbar machten und die Köche die Kombüsenfeuer löschten, kam das Pfeifsignal vom Achterdeck: »Alle Mann achteraus! Alle Mann achteraus, und klar Schiff zum Gefecht!«

Von der Kampanje her tönten die hektischen Wirbel der Trommeljungen, die Befehle und Beschimpfungen der Deckoffiziere und Maaten, und wieder einmal wurden die Männer der *Gorgon* zu einem Manöver getrieben, auf das sie gedrillt und geschliffen worden waren, bis alle Knochen schmerzten, im strömenden Regen und bei brennender Sonne, bis sie ganz genau wußten, wo jeder Mann, jedes Gerät, jedes Tauende, jedes Fall seinen Platz hatte, wenn es hieß »Klar Schiff zum Gefecht«.

Manche unter den erfahrenen Matrosen gaben sich diesmal mehr Mühe als sonst; vielleicht spürten sie, daß das heutige Exerzieren mehr zu bedeuten hatte, als es auf den ersten Blick schien. Andere, und besonders die ganz jungen wie Eden rannten so zappelig wie aufgeregte Kinder auf ihre Stationen und ließen sich weder durch die Flüche der nervösen Leutnants noch durch die Beschimpfungen ihrer Kameraden beruhigen.

Bolithos Station war das untere Geschützdeck. Er fühlte, wie sein Herz klopfte, schneller als sonst. In dem niedrigen, fast finsteren Deck sah er die Matrosen geduckt um die mächtigen Zweiunddreißigpfünder herumkriechen, hörte unter ihren nackten Füßen den Sand knirschen, den die Schiffsjungen reichlich gestreut hatten, damit niemand während des Manövers ausrutschte oder hinfiel.

Vom Oberdeck her sickerte ein bißchen Licht durch den Niedergang, und er konnte erkennen, wie die Geschützmannschaften die Persenningen abnahmen, um ihr Gerät zu kontrollieren und die Blöcke der Zugleinen und die Handspeichen zu überprüfen.

Von oben konnte er das gedämpfte Quietschen der Taljen hören, als die Netze über das Deck gezurrt wurden, welche die Kanonen und ihre Bedienungen vor fallenden Spieren und Rahen schützen sollten. Wie oft hatten sie das während der Viertausend-Meilen-Reise geübt?

Oben trieb die mächtige Stimme des Bootsmanns die Matrosen an ihre Plätze; die Decksplanken über Bolithos Kopf erzitterten unter dem Getrampel ihrer eilenden Füße.

Unten, in der Finsternis, dröhnte Tergorrens Stimme: »Beeilung, ihr verdammte Bande! Das dauert schon viel zu lange!«

Im mittleren Geschützdeck befanden sich, abgesehen von den Matrosen, die zur Bedienung der doppelten Reihe von Zweiunddreißigpfündern nötig waren, zwei Leutnants (nämlich Tergorren, der den Oberbefehl führte, und sein Adjutant, der Sechste Leutnant Mr. Wellesley) sowie vier Midshipmen. Diese letzteren waren gleichmäßig über alle Geschützdivisionen verteilt. Sie sollten Befehle weiterleiten, notfalls selbständig Feuerbefehl erteilen und als Gefechtsläufer zum Achterdeck fungieren. Bolitho und Dancer waren auf der Backbordseite; ein mürrischer Jüngling namens Pearce und der kleine Eden hatten die Steuerbordbatterie.

In der Mitte des Decks stand Tergorren mit dem Rücken zum Hauptmast, die Arme verschränkt, und überspähte mit gesenktem Kopf seinen Bereich. Nicht weit von ihm stand ein Posten der Marine-Infanterie am Niedergang, ebenso wie an den anderen Luken. Diese Posten sollten verhindern, daß im Durcheinander des Gefechts einer, den der Kampfesmut verließ, etwa irgendwo im Schiffsrumpf Zuflucht suchte.

Wellesley, der Sechste, lief säbelrasselnd die Backbordseite ab, wo er bei jedem Geschütz gerade so lange stehenblieb, bis der Geschützführer meldete: »Feuerbereit, Sir!«

Endlich war alles ruhig, nur das leise Heben und Senken des Schiffs, das regelmäßige Quietschen der Blöcke, wenn die Kanonen gegen die Taljen arbeiteten, unterbrach die Stille.

Bolitho konnte die Spannung, die über dem ganzen Schiff lag, förmlich riechen. Er versuchte, nicht an das Midshipmen-Logis im Orlopdeck zu denken, das ebenfalls umgeräumt war. Dort befanden sich jetzt der Schiffsarzt und seine Sanitätsgasten. Laternen brannten, chirurgische Instrumente blinkten in ihren offenen Behältern. Jedesmal, wenn Kapitän Conway »Klar Schiff zum Gefecht« befohlen hatte, sah das Midshipmen-Logis so aus – kaum zu zählen, wie oft er es schon so gesehen hatte.

Tergorren schrie: »Mr. Wellesley! Warum dauert das so lange?«

Der Sechste rannte schlurfend zu ihm, stolperte über einen Ringbolzen und wäre beinahe lang hingefallen.

»Untere Batterie klar zum Gefecht, Sir!« Er verschluckte sich beinahe.

Auf dem Deck über ihnen gellte eine Pfeife, und jemand rief: »Klar zum Gefecht, Sir!«

Tergorren fluchte lästerlich. »Die haben uns schon wieder geschlagen, hol sie der Teufel!« Wütend fügte er hinzu: »Mr. Eden! Stellen Sie die Zeit fest! Aber marsch, marsch!«

Eden kam zurück und meldete keuchend: »Kompliment vom Ersten Leutnant, Schiff gefechtsklar in zwölf Minuten.« Er zögerte. »Aber...«

»Was – aber?«

Der Junge schluckte. »Aber wir haben länger als alle anderen Divisionen gebraucht, Sir.«

Weitere Befehle wurden gepfiffen; die Signale der Bootsmannspfeifen schrillten wie die Stimmen der Vögel auf einem Moor in Norfolk.

»Stückpforten auf!«

Bolitho beugte sich vor, weil eine übereifrige Geschützmannschaft aus der Reihe tanzte. Es war erstickend heiß im unteren Deck, aber gleich würden sich alle Pforten mit einem Schlag öffnen, hier und auf dem nächstoberen Deck. Jetzt – die Luken gingen hoch, und sofort spürte er die kühle Luft einströmen, und die Männer in seiner nächsten Umgebung gewannen Persönlichkeit und Bedeutung; matt glänzten ihre nackten Oberkörper im fahlen Frühlicht. Er warf einen raschen Blick nach achtern und sah, wie Dancer ihm flüchtig zuwinkte.

Während der Morgenwache hatte die *Gorgon* ihren Kurs geändert und steuerte jetzt Ostsüdost, denn der Wind hatte sich etwas nach Norden gedreht und war so geblieben. Das Schiff krängte leicht, und da der Wind von Backbord achtern kam, zeigten die Geschützläufe in Bolithos Abschnitt etwas nach oben und blieben frei von Gischt. Er konnte die lebhaften weißen Wellenkämme sehen, und auch ein paar seltsame Fische, die aus dem Wasser sprangen und wie Seevögel, auf der Fahrtwelle hüpfend, das Schiff ein Stück begleiteten. Er lehnte sich weiter hinaus, blickte um die Mündung eines Geschützes herum und sah drüben etwas Dunkles auf dem Wasser – das mußte die *Athen* sein. Er versuchte zu erraten, was an Deck geschah. Das Prisenschiff kam aus seiner geschützten Leeposition heraus und nahm einen Kurs, der es offenbar zwischen die *Gorgon* und das Festland bringen sollte – aber wo sich das Festland befand, das wußte er nicht.

»Können Sie Land sehen, Sir?« fragte ein junger Matrose. Er war ein gutaussehender Bursche, der von Devon an Bord gekommen war. Während der Nachtwachen und bei heißen Exerziermanövern hatte er erzählt, daß seine gesamte Familie für einen dortigen Gutsherrn arbeitete. Ein harter

Mann, der dazu neigte, die Töchter seiner Pächter und Tagelöhner zu mißbrauchen. Mehr hatte er ihm nicht anvertraut, aber Bolitho war sicher, daß er den Gutsbesitzer verprügelt hatte und dann geflohen war, um an Bord irgendeines Schiffes zu gelangen und so der Strafe zu entgehen.

Bolitho antwortete: »Wir müssen ganz dicht heran sein, Fairweather. Da sind schon ein paar Seevögel. Die wollen sich wohl mal unser Schiff ansehen – würde mich nicht wundern.«

»Ruhe in der Batterie!« Tergorrens Wut schien sich über Offiziere und Matrosen gleichermaßen zu entladen.

Ein Mann schrie schmerzlich auf, als sein Geschützführer das Tauende sausen ließ; und von achtern her quäkte Wellesleys wenig imponierende Stimme: »He – schreiben Sie den Mann auf!«

Kein Mensch wußte, welchen Mann er meinte und an wen der Befehl gerichtet war – nach Bolithos Schätzung wollte der Leutnant nur einen Anpfiff Tergorrens vermeiden.

Seltsam, hier unten kam man sich vor, als sei man vom ganzen übrigen Schiff abgeschnitten. Es wurde draußen heller, und auf der See malte sich ein Muster von Schwarz und Gelb, aber man konnte Himmel und Horizont noch nicht deutlich voneinander unterscheiden. Der quadratische Ausschnitt der Stückpforte in der dicken, eichenen Rumpfbeplankung wirkte wie der Rahmen eines Bildes; aber als das Licht stärker wurde und auf dem langen Rohr des Zweiunddreißigpfünders spielerisch entlanglief, schienen sie alle zu Teilen dieses Bildes zu werden. Jetzt bekam nämlich auch das Innere des Batteriedecks Farbe. Jetzt wurde der dunkelrote Anstrich der Innenseite des Schiffsrumpfes und eines Teils der Decksplanken unter ihren Füßen sichtbar. Warum ausgerechnet rot – das wußte jeder: auf dieser Farbe sah man das Blut der Toten und Verwundeten nicht so deutlich. Bolitho blickte über das abfallende Deck zur Gegenseite hinüber. Dort lagen die offenen Stückpforten noch im Dunkel, in das nur manchmal der Kamm einer Woge oder ein paar Schaumfetzen hineinblitzten.

Er blickte zu Tergorren hin. Der sprach ganz ruhig mit Jehan, dem Stückmeister. Dieser trug, wie immer, wenn er in seiner geliebten Pulverkammer arbeitete, dicke Filzschuhe, so daß er sich völlig lautlos bewegte. Eben verschwand er in der Luke, wo der Posten stand, und Bolitho überlegte sich, ob Dancer wohl daran dachte, daß er so ziemlich auf der gefährlichsten Stelle des ganzen Schiffes stand; denn genau unter seinen Füßen lagerte eine Unmenge Schießpulver, das bei einem Gefecht jederzeit in die Luft fliegen konnte.

Etwas wie ein Seufzer wurde in der Batterie laut, als sich die ersten Sonnenstrahlen durch die offenen Geschützpforten hineinwagten. Auf einen Geschützverschluß gestützt, beobachtete Bolitho, wie der Horizont immer wirklicher und greifbarer wurde: Dort lag das Festland.

Aufgeregt fragte Fairweather: »Is' das Afrika?«

Der Geschützführer entblößte seine unregelmäßigen Zähne. »Kann dir egal sein, wo du bist, mein Junge. Kümmer dich um unsere alte Tante hier und füttere sie anständig, ganz egal, was kommt – mehr brauchst du nicht zu wissen!«

Ein Midshipman kam vom oberen Deck und sah sich nach Tergorren um. Das Bürschchen war Midshipman Knibb, nicht größer und nur einen Monat älter als der kleine Eden.

»Kompliment von Mr. Verling, Sir. Vorläufig noch nicht laden!«

»Was ist denn los?« blaffte Tergorren.

»Ausguck hat zwei Schiffe bei der Landspitze vor Anker gemeldet, Sir.«

Sein Selbstvertrauen wuchs in dem Bewußtsein, daß alle diese schattenhaften Gestalten ihm aufmerksam zuhörten und neugierig waren, was in der Oberwelt vor sich ging.

»Der Kapitän hat befohlen, daß die Barkentine Segel setzen und rekognoszieren soll, Sir.«

Der Geschützführer neben Bolitho gab seiner Mannschaft Erklärungen: »Ich kenne diese Gewässer, Jungs. Überall Riffe und Untiefen. Unser Kapitän hat bestimmt schon zwei gute Männer auf Lotstation, die regelmäßig die Tiefe nehmen. Wir müssen uns richtig in die Küste hineintasten.«

Bolitho hörte nicht weiter hin. Er dachte an die aufgegebene Barkentine und an den toten Mann in ihrer Kajüte. Ob wohl Tergorren deshalb so schlechter Laune war, weil ein anderer das Kommando über die *Athen* bekommen hatte?

Der Dritte Leutnant, Tergorrens unmittelbarer Vorgesetzter, kommandierte sie statt seiner, und Grenfell, der dienstälteste Midshipman, war sein Adjutant. Wenn alles gutging, würde dieses bißchen Sonderverantwortung dem Midshipman auf dem Weg zu seiner Beförderung ein Stück weiterhelfen. Bolitho freute sich für ihn, wenn er ihn auch um seine Freiheit beneidete. Grenfell hatte sich seinerzeit alle Mühe gegeben, um ihm und den anderen unsicheren Neulingen den Anfang leichter zu machen. Es kam oft genug vor, daß sich Männer in Grenfells Stellung wie kleine Tyrannen benahmen.

Zwei Schiffe vor Anker, hatte Knibb gesagt. Piraten oder Sklavenhändler? Sie würden beide einen schönen Schreck kriegen, wenn die *Gorgon* aufkreuzte.

Dumpfes Fußgetrampel von oben, und das Quietschen von Taljen und Blöcken – die Segel wurden entsprechend der Kursänderung umgebraßt.

Er verließ die Stückpforte und stützte sich auf das große Spill, mit dem schwere Spieren oder Boote in Stellung gehievt wurden, und lauschte auf Tergorrens grobe Stimme, der mit Wellesley und Midshipman Pearce sprach. Auf der gegenüberliegenden

Schiffsseite hoben sich jetzt die offenen Stückpforten schärfer ab, und einen Moment lang glaubte Bolitho, daß ihn seine Augen täuschten: Das Land schien sich der *Gorgon* entgegenzustrecken, um sie zu grüßen – aber das war natürlich unmöglich, denn das Land lag ja, wie deutlich zu sehen, hier an seiner Seite. Doch plötzlich fiel ihm wieder ein, daß der Kapitän von einer Insel gesprochen hatte. Das mußte sie sein, und das Schiff steuerte in die Enge zwischen Insel und Festland hinein. Die ankernden Schiffe mußten direkt voraus liegen, so daß sie von den beiden Geschützdecks aus nicht zu sehen waren.

Tergorren sagte eben: »Seht mal, da steht ja eine Festung auf der Insel. Muß so alt sein wie Moses.« Er lachte glucksend. »Wartet bloß, bis ihr die schwarzen Weiber zu sehen kriegt. Manche sind so schön wie ...« Er kam nicht weiter.

Bolitho sah etwas über die kabbelige, landein strömende See springen – erst dachte er, es sei ein Delphin, aber dann hörte er, weit weg, das Dröhnen einer Explosion. Die Linie der weiß beschäumten, anbrechenden Wellen war auf einmal nicht mehr da, und unter einem Chor von Schreien und Flüchen schlug eine große Kanonenkugel hart neben dem Schiffsrumpf ein.

Ungläubig brüllte der alte Geschützführer: »Diese Teufelsbande hat uns zuerst beschossen, bei Gott!«

Das ganze Schiff wurde lebendig. Ein Tohuwabohu von Befehlen... Eine Trompete gellte ein Signal für die Seesoldaten ... Taljen knarrten, die Haltegiens der schweren Geschütze wurden angeholt, und dann kam der Ruf: »Alle Geschütze laden und klar zum Ausrennen! Steuerbordbatterie feuert zuerst!«

Tergorren starrte auf die Kniehose des Gefechtsläufers, die sich kreideweiß vom dunklen Niedergang abhob; anscheinend konnte er nicht glauben, was er da gehört hatte.

Aber dann stieß er einen Grunzer aus und brüllte: »Steuerbordbatterie klar zum Laden!«

Der Matrose Fairweather rannte hinter Bolitho her zur Gegenseite, wo die halbnackten Geschützbedienungen die mächtigen Pulverkartuschen und die Pfropfen in die Rohre rammten und die Geschützführer an den Halterungen standen und sich die Kugeln aussuchten, tastend ihre Rundung prüfend; mancher schliff sogar noch schnell eine rauhe Stelle nach, ehe er sie zum Einrammen und Bepfropfen an die wartende Mannschaft weitergab.

Nacheinander kamen die Handzeichen von den einzelnen Geschützen, und aller Augen waren auf den bulligen Leutnant gerichtet.

»Alles geladen, Sir!«

»Ausfahren!«

Die Männer warfen sich auf die Taljen und verholten die schweren Geschütze zu den offenen Stückpforten; jedes einzelne Haltegien protestierte quietschend wie ein Schwein, das zum Markt soll.

Eine Stimme gellte: »Steuerbord klar zum Feuern! Maximale Elevation, Abziehen bei steigendem Rumpf!«

Ein Deckoffizier versetzte einem Matrosen einen so heftigen Stoß gegen die Schulter, daß dieser hochsprang wie von einer Kugel getroffen.

»Wickel dir ein Halstuch um die Ohren, Mensch, wenn du nicht dein Leben lang taub sein willst!«

Er blinzelte Bolitho zu. Vermutlich war die Warnung für ihn bestimmt gewesen; aber sogar Midshipmen haben Anspruch auf ein bißchen Respekt.

»Klar zum Schuß!«

Das Schiff rollte unter dem Einfluß von Wind und Ruder, und hinter jeder Kanone kauerte der Geschützführer, das Auge über das lange schwarze Rohr zum Himmel und zur Festung gerichtet.

»Feuer!«

V Wechselndes Kriegsglück

Von Deck zu Deck wurde der Feuerbefehl weitergegeben. Jeder Geschützführer stieß seine Lunte ins Zündloch und sprang zur Seite. Nur ein Sekundenbruchteil, aber Bolitho, der zwischen zwei Zweiunddreißigpfündern stand, kam es wie eine Ewigkeit vor. Nur einen Augenblick – aber der wollte kein Ende nehmen – sah er das alles wie ein Gemälde, kristallklar, wie inmitten der Bewegung erstarrt: die nackten Rücken der Seeleute, die gebückt an den Taljen standen oder mit Handspeichen arbeiteten; die einzelnen Geschützführer, den Blick in grimmiger Konzentration nur auf die eigene Stückpforte und das Ziel gerichtet. Und durch jede der quadratischen Stückpforten sah man die Festung in der Sonne liegen, unter dem bleichen Himmel, über den auch nicht das kleinste Federwölkchen zog.

Und dann auf einmal war alles anders. Das untere Geschützdeck schien zu bersten, der Schiffsrumpf bockte, als hätte ihn eine Lawine gestreift. Ein Geschütz nach dem anderen rannte donnernd auf seiner

Lagerung zurück, die Mannschaft stürzte sich darauf, um das Rohr mit dem Schwamm auszuputzen, die neue Pulverkartusche und die nächste mattglänzende Kugel hineinzurammen. Der Wind erfaßte den dicken Pulverqualm, trieb ihn in Wolken am Schiff vorbei, bis er die Festung einhüllte und den klaren Himmel mit braunem Nebel bedeckte.

»Entlüftungen stopfen! Ausputzen! Laden!« brüllte Tergorren. Aber seine Stimme klang, als käme sie durch einen Vorhang, denn die erste Salve hatte alle Trommelfelle bis fast zur Taubheit gelähmt.

Doch war deutlich zu sehen, wie das Abfeuern der Steuerbordbatterie auf die Männer wirkte. Die Nervosität der ersten Minuten war verflogen; statt dessen lag so etwas wie grimmige Wildheit in der Luft. Triumphierend grinsten sich die Geschützbedienungen an und schwenkten die Arme wie Kinder, die einander durch Gesten und Handzeichen aufregende Dinge mitzuteilen haben. Das war kein bloßes Geschützexerzieren wie sonst, das war Wirklichkeit, ernsthaftes Schießen.

»Ausrennen!«

Aufs neue knarrten und quietschten die Haltegiens an beiden Decks, wütend stürzten sich die Mannschaften an die Taljen, jede wollte ihr Geschütz als erstes draußen haben.

»Jetzt werden sie eine andere Melodie pfeifen, beim Himmel!« rief Wellesley aufgeregt. Und Tergorren ergänzte knurrend: »Wer *sie* auch immer sein mögen, verdammt!«

Während die Mannschaften in Erwartung des Feuerbefehls über die elevierten Rohre starrten, hörte Bolitho oben das Trampeln der Matrosen beim Segelmanöver. Die *Gorgon* mußte einen großartigen Anblick bieten, aber dafür hatte wohl im Moment kaum jemand Sinn. Zweifellos mußte sie unter verkürzten Segeln und mit ihren in der Morgensonne blitzenden Kanonen schon dicht unter der Küste sein. Er hatte nicht die geringste Ahnung, wer das Schiff beschossen hatte, oder warum – aber das war ihm, wie er zu seiner eigenen Überraschung feststellte, auch ganz gleichgültig. In diesen kurzen Minuten war das ganze Schiff mit allen Männern darin zu einer Einheit geworden.

»Klar zum Feuern! Dasselbe Ziel!« Die Spannung war atemberaubend. »Feuer!«

Wieder schüttelte sich das Schiff wie im Fieberschauer, die Planken knirschten unter den Füßen im Rückstoß der Geschütze, deren auspuffender Qualm wie ein Vorhang an den Stückpforten hängenblieb.

Dancer rief: »Hoffentlich können sie auf dem Achterdeck sehen, was wir hier machen! Unsere Geschütze tragen bis zum Himmel!« Er hatte kaum ausgesprochen, da fuhr er zusammen: Etwas schlug donnernd gegen den Schiffsrumpf; unmittelbar darauf ertönte von oben wildes Geschrei.

Bolitho nickte Dancer besorgt zu. Ein Treffer. Der Gegner, wer er auch sein mochte, erwiderte das Feuer.

Irgendwo begann eine Pumpe zu klappern. Vermutlich hatte eine erhitzte Kugel das Plankenwerk durchschlagen, und man brauchte Löschwasser, damit das Holz nicht Feuer fing.

Neben Bolitho hob ein Matrose die Hand zum Oberdeck hin. »Da kriegen die faulen Hunde auch mal was zu tun, eh?«

Aber keiner lachte; und Bolitho beobachtete, wie Wellesley sich mit hastigen, nervösen Bewegungen das Kinn rieb – als könne er überhaupt nicht glauben, daß jemand so vermessen sei, auf ein Schiff des Königs zu schießen.

»Alles geladen, Sir!«

Ein Melder tauchte am Niedergang auf und rief mit schriller Stimme. »Wir gehen über Stag, Sir! Backbordgeschütze feuerbereit machen!«

Fairweather spähte zu Bolitho herüber. Weiß blitzten seine Zähne in dem wirbelnden Pulverdampf. »Denen haben wir ordentlich eins verpaßt, Sir – jetzt kriegen die Backbordgeschütze auch mal 'ne Chance!«

Der Geschützführer warf einen raschen Blick auf das Verschlußstück und knurrte: »Quatsch – die haben uns geschlagen. Wir machen, daß wir wegkommen, du blöder Narr!«

Bolitho sah die Verwirrung in Fairweathers Miene

und spürte, wie die unverblümten Worte des Geschützführers die Männer in seiner Hörweite beeindruckten.

Tergorren stapfte vorbei; sein Kopf senkte und hob sich beim Passieren der massiven Decksbalken.

»Klar bei den Geschützen! Fertigmachen zum Ausrennen!« Er hielt inne und blickte Bolitho an. »Was, zur Hölle, haben Sie hier zu glotzen?«

»Wir gehen über Stag, Sir!« Bolitho bemühte sich, ruhig zu sprechen, obwohl von Land aus weiter gefeuert wurde. Der geheimnisvolle Festungskommandant mußte reichlich Munition haben.

»Das haben Sie ja geradezu meisterhaft erkannt, Mr. Bolitho!« Tergorren mußte sich an einem Decksbalken festhalten, denn die *Gorgon* drehte sich eben schwerfällig in den Wind und krängte so steil, daß die See bis an die Stückpforten kam. »Der Schlachtenlärm war wohl zuviel für Sie?«

»Nein, Sir.« Ohne sich von Tergorrens Feindseligkeit beeindrucken zu lassen, fuhr Bolitho fort: »Wir segeln zu dicht unter Land, glaube ich. Wir sind genau in Reichweite der Festung.«

Die Männer, die zur Gegenseite hasteten, verhielten einen Moment und blickten zu den beiden hin. Der massige Leutnant und der schlanke Midshipman standen sich spreizbeinig gegenüber, Arme an den Seiten, wie zwei Duellanten.

Nervös sagte Wellesley: »Der Kapitän wird schon wissen, was am besten ist.«

Tergorren blitzte ihn wütend an. »Haben Sie es nötig, einem Midshipman Erklärungen zu geben?« Er blickte von einem zum andern. »An die Geschütze!« Aber der Feuerbefehl für die Backbordseite kam nicht. Statt dessen gab es eine lange ungewisse Stille, nur gelegentlich von dem Getrampel der Matrosen auf dem Oberdeck unterbrochen, und vom Trillern der Signalpfeifen, das die Männer an die Brassen und Fallen rief, um das Schiff auf anderen Kurs zu bringen.

»Wie ich sagte«, murmelte der Geschützführer neben Bolitho düster. »Der Käpt'n nimmt Kurs auf See. Ist auch besser so, wenn Sie mich fragen.«

Während des langen, anstrengenden Geschützexerzierens hatte Bolitho nie Zeit gehabt zu merken, wie abgeschnitten man im unteren Batteriedeck war. Jetzt, als er die Matrosen und Offiziere unentschlossen und tatenlos an den Stückpforten stehen sah, wurde er von Minute zu Minute unsicherer und nervöser. Am Einfallswinkel der Sonnenstrahlen sah er, daß das Schiff sich vom Land entfernte, aber abgesehen davon hatte er keine Ahnung, was vor sich ging. Man war von der Oberwelt völlig isoliert – ein erniedrigendes Gefühl.

»Geschütze belegen!« Das Sonnenlicht fing sich an der weißen Kniehose des Läufers im Niedergang. »Und alle Offiziere zum Achterdeck, Sir.«

Bolitho sagte leise zu Dancer: »Ich glaube, das hat der Kapitän von Anfang an befürchtet, Martyn.«

Dancer blickte finster. »Aber daß er vor so einem verdammten Piraten ausreißt, hätte ich nicht gedacht!«

»Immer noch besser, als wenn man kein Schiff mehr hat und schwimmen muß, nicht wahr?« versuchte Bolitho ihn aufzuheitern. »Ich für meine Person weiß jedenfalls, was mir lieber wäre.«

Das untere Geschützdeck war der direkten Feindeinwirkung nicht ausgesetzt gewesen und unversehrt geblieben; aber oben auf dem Achterdeck sah es wüst aus. Bolitho blinzelte in das grelle Sonnenlicht. Zwei große Löchter klafften im Kreuzbramsegel. Blutige Streifen auf den Decksplanken gaben Kunde von Verwundung und Tod. Er starrte über das Schanzkleid und sah das Land im schimmernden Dunst versinken. Schon waren die Insel und das Fort nicht mehr vom Festland zu unterscheiden, und die ankernden Schiffe waren an der Landspitze, welche die *Gorgon* ein paar Stunden vorher so zuversichtlich umrundet hatte, ebenfalls nicht mehr auszumachen. Von der Barkentine war überhaupt nichts zu sehen.

Besorgt fragte Dancer: »Wo ist die *Athen*, was meinst du?«

»Sie liegt auf ablaufendem Kurs und b-behält die K-kerls im Auge«, vermutete der kleine Eden.

Dancer nickte: »War schon ein Glück, daß wir die erwischt haben.« Sie unterbrachen ihr Gespräch, als Verling die Matrosen von den Neunpfündern wegtreten ließ und die Offiziere näher heranwinkte. Seine

Schnabelnase kontrollierte, wer da war und wer noch kommen mußte; und dabei sah er nicht gereizter aus als sonst auch, fand Bolitho.

Kapitän Conway kam von Luv herüber, nahm an der Achterdeckreling Aufstellung und blickte hinunter zu den Achtzehnpfündern, wo die Mannschaften ihr Gerät überprüften und die Kugelfender nachfüllten. In der Luft lag der beißende Geruch von Pulver, heißem Metall und verbranntem Holz.

»Alles da, Sir«, meldete Verling. Der Kapitän wandte sich um und sah sie nachdenklich an. Er stand mit dem Rücken an der Reling und stützte die Hände auf das polierte Holz.

»Wir halten Kurs landab und werden etwas weiter unten vor der Küste Anker werfen. Wie Sie wissen, sind wir beschossen worden, und zwar mit einer Selbstsicherheit, die mir nicht gefällt.« Er sprach ruhig und gelassen; damals bei der Verkündung der Prügelstrafe hatte er mehr Bewegung gezeigt. »Der Feind ist gut ausgerüstet, und unsere Artillerie, soweit sie eingesetzt wurde, hat ihn nicht sonderlich beeindruckt. Aber ich wollte sichergehen. Ich mußte Bescheid wissen, mit was für einem Gegner wir es zu tun haben.«

Die Gesichter derjenigen, die während des kurzen Gefechts auf dem Oberdeck gewesen waren, verrieten Bolitho, daß noch etwas nachkommen würde.

Im gleichen gelassenen Ton fuhr Kapitän Conway fort: »Vor ein paar Monaten wurde gemeldet, daß eine Brigg unserer Kriegsflotte, die in diesen Gewässern operierte, überfällig und vermutlich in Verlust geraten war. Zu der betreffenden Zeit herrschten hier sehr schlimme Wetterverhältnisse, und mehrere Kauffahrer hatten ebenfalls Schiffbruch erlitten.« Er blickte zum Wimpel am Mastknopf hoch, und seine Augen glänzten in der hellen Sonne. »Als wir heute früh die Landspitze umrundeten, war die *Athen* uns erheblich voraus. Die Ausguckposten meldeten zwei Schiffe vor Anker. Und in Lee der Insel können durchaus noch weitere Schiffe liegen.« Jetzt erst wurde seine Stimme hart. »Aber das eine Schiff war die *Sandpiper*, Brigg Seiner Majestät, vierzehn Geschütze. Ihretwegen muß der Kapitän der *Athen* angenommen haben, daß alles klarging und daß der Kapitän der *Sandpiper* bereits getan hatte, was unser Auftrag war.«

Dancer hielt den Atem an, als der Kapitän fortfuhr: »Die Brigg war der Köder, und den hätten auch wir geschluckt, wenn wir nicht auf die *Athen* gestoßen wären. Wir wären direkt unter die Kanonen des Forts gesegelt, und da wir weder schnell noch wendig genug sind, um rasch wieder klarzukommen, wären wir vernichtet worden. Wie die Dinge liegen, muß die *Athen* mehrere Volltreffer bekommen haben. Ich bezweifle, daß von ihrer Besatzung noch jemand am Leben ist.«

Tiefe Stille ringsum. Bolitho dachte an den Gefechtslärm im Unterdeck; und daran, wie aufgeregt sie gewesen und wie wichtig sie sich vorgekommen waren. Er dachte an Midshipman Grenfells verschlossenes Gesicht, hinter dem ein wärmeres und freundlicheres Gemüt verborgen war, als viele annahmen. Und all das war geschehen, ohne daß vom Achterdeck her auch nur ein Wort nach unten gedrungen war. Gewiß, es hätte nichts genutzt, niemand hätte helfen können. Und doch...

Gemessen redete der Kapitän weiter. »Als wir die *Athen* übernahmen, vermutete Mr. Tergorren, daß die Piraten flohen, weil sie ein anderes Schiff gesichtet hatten. Jetzt kann man sagen, daß dieses Schiff höchstwahrscheinlich die *Gorgon* war und das Piratenschiff deshalb verschwand, weil es nicht als das erkannt werden sollte, was es ist: ein gekapertes britisches Kriegsschiff. Stellen Sie sich vor, meine Herren, was für Unheil dieses Schiff *im Namen unseres Landes* angerichtet haben mag!« Er spie diese Worte aus, als wären sie Gift. »Kein Kapitän eines friedlichen Schiffes würde einem Fahrzeug gegenüber Mißtrauen hegen, das so offensichtlich britisch ist und im Dienste des Königs steht. Das ist nicht mehr Seeräuberei, das ist hinterlistiger Mord!«

Mr. Verling nickte. »Einfache Sache, Sir. Wer dieses Geschmeiß auch kommandiert, er muß sich eines sehr scharfen Verstandes erfreuen.«

Der Kapitän schien ihn gar nicht zu hören. »Vielleicht ist doch noch jemand von unserem Prisenkommando am Leben.« Er blickte auf das geronnene Blut zu seinen Füßen. »Wir werden es wahrscheinlich nie erfahren. Wie dem auch sei, unsere nächste Aufgabe ist, ihnen die Brigg wieder wegzunehmen und möglichst genau festzustellen, was da vor sich geht.«

Bolitho warf einen verstohlenen Blick auf die anderen. *Die Brigg wieder wegzunehmen.* Einfach so.

»Heute nacht muß ein Überfall unternommen werden. Wir haben Neumond, und das Wetter ist im Moment günstig für uns. Die Marine-Infanterie wird für Ablenkung sorgen. Ich wünsche unbedingt, daß das Fahrzeug wieder in unsere Hände kommt, damit die Schande, die es erlitten und verursacht hat, ausgelöscht wird!«

Im Niedergang erschien der Schiffsarzt, und der Kapitän wandte sich zu ihm um. »Nun?«

»Der Ausguckposten ist tot, Sir.« Laidlaws Augen unter den überhängenden Brauen waren ausdruckslos. »Hat sich das Rückgrat gebrochen.«

»Aha.« Der Kapitän wandte sich wieder den schweigenden Offizieren zu. »Das war der Mann, der die *Sandpiper* zuerst gesichtet hat. Die ersten Geschosse der Festungsartillerie, die dicht über uns hinweggingen, müssen ihn vom Mast gefegt haben.« Das war auch derselbe Mann gewesen, der neulich ausgepeitscht worden war. Der Schiffsarzt mußte das wissen. Bolitho blickte gespannt zu ihm hinüber – würde er es erwähnen? Anscheinend hatte der Kapitän einen trockenen Mund – er leckte sich die Lippen.

Es war sehr heiß auf dem Achterdeck, aber im Lauf des Tages würde es noch schlimmer werden. »Mr. Verling wird Sie instruieren«, fuhr er fort. »Zwei Boote werden die Operation ausführen. Mit dreien oder mehr hätten wir weniger Chancen.« Er verließ das Achterdeck mit den Worten: »Machen Sie weiter.«

Verling wartete, bis er weg war. Dann sagte er: »Zwei Leutnants und drei Midshipmen.« Er warf Tergorren einen kalten Blick zu. »Sie übernehmen das Kommando. Suchen Sie sich die richtigen Männer aus. Nur erfahrene Seeleute. Das ist keine Arbeit für Kuhbauern.«

Eden flüsterte: »Was b-bedeutet das, Dick?« Neben den anderen sah er besonders winzig aus. Der brummige Midshipman namens Pearce sagte: »Wir entern die Brigg im Dunkeln und schneiden denen die Hälse ab, ehe sie uns dieselbe Freundlichkeit erweisen.« Mit rauher Stimme fügte er hinzu: »Der arme John Grenfell! Wir sind miteinander aufgewachsen, in derselben Stadt.«

»Gehen Sie wieder an Ihren Dienst«, sagte Verling. »Die Männer können vom Achterdeck abtreten und alles aufklaren und belegen. Geben Sie ihnen ordentlich zu tun. Ich wünsche kein Gejammer und Geheul über das, was passiert ist.«

Sie wandten sich zum Gehen, und jeder hatte

seine eigenen Gedanken darüber, wie schnell man tot sein konnte.

Tergorren sagte: »Dreißig Mann werden gebraucht.« Er hielt ein, als Midshipman Pearce dazwischenrief: »Melde mich freiwillig, Sir!«

Tergorren betrachtete ihn unbewegt. »Mr. Grenfell war ja Ihr Freund. Das hatte ich vergessen. Wie schade.«

Es wurde Bolitho fast übel bei seinem Anblick. Trotz allem, was geschehen war, sogar angesichts der Möglichkeit, selbst verwundet zu werden oder zu fallen, fand Tergorren noch Spaß daran, den grimmig blickenden Pearce zu verhöhnen.

»Abgelehnt!« sagte er kurz. Sein Blick haftete auf Eden. »*Sie* sind einer der Midshipmen, die das Glück haben, mitmachen zu dürfen.« Er lächelte, als Eden erbleichte. »Eine echte Chance, sich zu bewähren.«

»Er ist der jüngste, Sir«, wandte Bolitho ein. »Andere haben mehr Erfahrung, und...« Er sah die Falle, die sich vor ihm öffnete, und brach ab.

Tergorren drohte ihm mit dem Finger. »Ach ja, das habe ich auch vergessen. Daß unser Mr. Bolitho ständig Angst hat, jemand könnte ihn an die Wand drücken, ihm Ruhm und Ehre stehlen, so daß er vor seiner hochedlen Familie nicht ganz so groß dasteht!«

»Das ist eine Lüge, Sir, und unfair obendrein!«

Tergorren hob die Schultern. »Finden Sie? Spielt keine Rolle. Sie kommen auch mit, und der kluge

Mr. Dancer ebenfalls.« Er stemmte seine riesigen Hände in die Hüften und blickte vom einen zum anderen. »Der Erste Leutnant hat gesagt, nur erfahrene Seeleute sollen eingeteilt werden. Aber wir brauchen auch erfahrene Midshipmen für die Führung des Schiffes. Bei so einer Enteraktion darf man nicht zuviel und nicht zuwenig Leute mitnehmen.«

Er zog seine Taschenuhr. »In einer Stunde ist Musterung des ganzen Kommandos. Mr. Hope ist mein Stellvertreter. Melden Sie sich bei ihm, wenn Sie fertig sind.«

Als sie abtraten, murmelte Dancer bitter: »Besser Hope als Wellesley. Der ist ja ein richtiger Schlappschwanz.«

Sie schlenderten zum Luvdecksgang und dachten dabei an Grenfell und die anderen, die in der zerstörten Barkentine den Tod gefunden hatten.

Heftig sagte Eden: »Ich... Ich habe k-keine Angst! W-wirklich nicht!« Er sah sie jammervoll an, mit Augen, die fast so groß waren wie sein Gesicht. »Es ist n-nur, daß ich nicht mit Mr. T-tergorren fahren möchte. D-der jagt uns alle in den T-tod!«

Dancer blickte auf ihn hinunter und versuchte zu lächeln. »Wir sind ja bei dir, Tom. Und vielleicht wird es auch gar nicht so schlimm.« Er wandte sich rasch zu Bolitho um. »Du hast doch so etwas schon mal mitgemacht. Wie geht das vor sich?«

»Blitzschnell. Überraschung ist die Hauptsache.« Bolitho starrte durch die Netze über die glitzernde

Weite des Wassers und auf den im Dunst liegenden Landrücken. Seine Kameraden sah er nicht an. Wovon sollte er ihnen schon erzählen? Von den furchtbaren Schreien und Flüchen der Männer, die sich mit Entersäbeln und Messern, mit Beilen und Piken schlugen? Wie es war, wenn man so dicht am Feind kämpfte, daß man seinen Atem und seinen Haß fühlte? Das war kein Seegefecht, bei dem der Feind einfach aus einem anderen Schiff bestand. Hier kämpften Menschen aus Fleisch und Blut.

»Ich versteh' dich schon, auch wenn du nichts sagst«, warf Dancer hin. Seine Stimme klang ruhig. »Hoffen wir, daß wir Glück haben.«

Unten im Orlopdeck waren Pearce und zwei andere Midshipmen dabei, die Seekisten und die schäbigen Stühle wieder an ihren Ort zu schaffen, nachdem der Arzt mit seinen Sanitätsgasten Instrumente und Arzneien weggebracht hatte.

An einem der großen Schotten der *Gorgon* stand immer noch Grenfells Kiste, und darüber hingen sein Paradehut und sein Dolch.

»Er hat immer gesagt, daß er es nicht bis zum Leutnant schaffen wird«, sagte Pearce. »Jetzt bestimmt nicht mehr.«

Bolitho dreht sich um, als Midshipman Marrack ins Logis kam, makellos wie stets im frischen Hemd.

»Laßt sein Zeug in Ruhe«, sagte Marrack kurz. »Vielleicht lebt er doch noch.« Er warf seinen Rock über einen Stuhl und fuhr fort: »Wenn ihr das gesehen hättet! Die *Athen* hatte überhaupt keine Chance. Sie war gerade am Segelkürzen, um längsseits der Brigg zu gehen, da fing die Festungsartillerie an zu feuern.« Er starrte ins Leere. »Sie bekam ein paar Treffer und machte ’ne Schildkröte. Ich sah noch ein paar Männer schwimmen. Dann kamen die Haie.« Er konnte nicht mehr weitersprechen.

»Ich habe mal was über die *Sandpiper* gelesen«, sagte Dancer zu Bolitho.

»Eins ist sicher«, fuhr Marrack fort, »der Kapitän wird nie zulassen, daß ein Schiff des Königs in Feindeshand bleibt, ganz egal, was es kostet, es rauszuhauen.«

Er wühlte in seiner Kiste und brachte ein Lederetui zum Vorschein. »Nimm meine Pistolen, Dick. Sie sind besser als alle anderen an Bord. Mein Vater hat sie mir geschenkt.« Er wandte sich ab, als ob er ärgerlich wäre, daß seine bessere Natur die Oberhand gewonnen hatte. »Da kannst du mal sehen, was ich für Vertrauen in dein Überleben habe!«

Der kleine Schiffsjunge kam ins Logis gestolpert. »Entschuldigung die Herren, aber der Vierte Leutnant sucht Sie und schreit Mord und Brand!«

»Dieser Tergorren«, sagte Dancer mit noch mehr Bitterkeit als sonst. »Der kleine Tom hat völlig recht. Dieser verdammte Schinder ist viel zu voll von sich selbst für meinen Geschmack!«

Sie eilten zum Niedergang und merkten erst oben, daß der kleine Eden nicht bei ihnen war. Er stand noch vor Grenfells Kiste und starrte auf den Dolch, der im Takt der Schiffsbewegung leicht hin und her schwang.

»Na los, Tom«, sagte Bolitho freundschaftlich. »Wir haben vor Sonnenuntergang noch eine Menge zu tun!«

Und nach Sonnenuntergang erst recht, fügte er in Gedanken hinzu.

VI Auge in Auge

»Ruhe! Achtet auf euren Schlag!« zischte Hope, der Fünfte der *Gorgon*, in der Finsternis und streckte seinen mageren Hals suchend vor, als wolle er den Mann herausfinden, der mit seinem Riemen ins Wasser geplatscht hatte.

Bolitho, der neben ihm hockte, drehte sich um und spähte achteraus. Nur hier und da verriet ein auffliegender Fetzen weißer Gischt oder ein phosphoreszierendes Leuchten an den Riemen die Position des zweiten Kutters. Es war sehr finster und nach der Hitze des wolkenlosen Tages erstaunlich kalt. Das war auch ganz gut, dachte er, denn sie hatten einen langen Weg hinter sich. Die Boote waren noch vor Sonnenuntergang ausgesetzt und bemannt worden. Dann segelte die *Gorgon* unter mehr Leinwand weiter, und die Männer des Enterkommandos waren auf sich selbst angewiesen. Mit langen, ruhigen Ruderschlägen näherten sie sich nun der Landzunge.

Es war so plötzlich dunkel geworden, als ob ein Vorhang fiele, und Bolitho machte sich Gedanken darüber, was wohl im Kopf des Leutnants vorgehen mochte. Seit er damals die Tür des *Blue Post's Inn* aufgerissen und sie angeblafft hatte, war tatsächlich eine lange Zeit verflossen. Ihm fiel auch wieder ein, was Grenfell über Hopes Beförderungssorgen gesagt hatte. Diese Erinnerung stimmte ihn traurig. Grenfell war nicht mehr am Leben, und Hope würde tatsächlich um einen Platz aufrücken, wenn der Kapitän den Leutnant, der die *Athen* kommandiert hatte, offiziell für tot erklärte.

Eden, den Kopf bis fast zum Dollbord hinuntergeneigt, lehnte sich an ihn.

»Noch eine ziemliche Strecke, bis wir da sind, Tom«, sagte Bolitho beruhigend.

Es war ein unheimliches Gefühl. Unruhig jumpte der Kutter in der auflandigen Strömung; die Riemen hoben und senkten sich an beiden Borden wie bleiche Knochen, lautlos, denn sie waren an den Duchten mit dick gefetteten Lappen umwickelt.

Voraus markierte ein dunkelblauer Streifen die Grenze zwischen Meer und Himmel. Bolitho spürte die Nähe des Landes so stark, daß er beinahe die Erde zu riechen meinte.

Im Bug hockte, über den Steven und eine bösartig aussehende Drehkarronade gebeugt, ein Mann mit der Lotleine, dessen Aufgabe es war, den Weg der Boote über Sandbänke und verborgene Riffe zu ertasten.

Turnbull, der Segelmeister, hatte den beiden

Leutnants erklärt, es sei am besten, sich möglichst dicht unter der Küste einzuschleichen, so daß sie nach Umrundung der Landspitze irgendwo zwischen dem Strand des Festlandes und den ankernden Schiffen sein würden.

Das hatte sich alles so einfach angehört. Aber jetzt, als ein Mann sein Entermesser klirrend auf die Bootsplanken fallen ließ und Hope wütend zischte: »Bei Gott, Kerl, ich laß dich peitschen, bis du ohnmächtig wirst, wenn ich noch mal was von dir höre!«, kam es Bolitho nicht mehr so einfach vor.

Er warf einen Blick auf Hopes Profil – ein Schatten vor dem weißen Schaum, den die Riemen außenbords aufwarfen. Ein Leutnant. Ein Mann, der wußte, daß Tergorren dicht hinter ihm war und sich darauf verließ, daß er, Hope, den Weg zu finden imstande war.

Dreißig Mann. Reichlich für ein Preßkommando oder zur Bedienung einiger schwerer Geschütze. Aber katastrophal wenig, um ein Schiff unter ungünstigen Umständen und ohne Überraschungsmoment zu überfallen!

Ein kräftiger Strudel drückte den Bootskörper zur Seite, und der Mann an der Ruderpinne mußte mit voller Kraft gegenhalten, um das Fahrzeug wieder auf Kurs zu bringen. Wieder fühlte sich die Luft anders an, und die See sah lebhafter aus.

»Wir sind um die Landspitze, Sir«, meinte Bolitho.

Hope drehte sich hastig nach ihm um, sagte dann aber: »Ja. Sie wissen natürlich Bescheid. Sie sind ja in Cornwall aufgewachsen, und da gibt es eine Menge solcher Felsen.« Es kam Bolitho vor, als mustere ihn der Leutnant aufmerksam durch die Dunkelheit. »Aber bis zur Küste ist es noch ein langer Pull.«

Bolitho zögerte. Er wollte den flüchtigen persönlichen Kontakt mit dem Offizier nicht gefährden. »Werden die Seesoldaten die Batterie attackieren, Sir?«

»Ja. Ein verrückter Plan.« Hope wischte sich die aufsprühende Gischt vom Gesicht. »Der Kapitän wird so nahe wie möglich an die Seeseite der Insel herankreuzen und ein Landekommando absetzen. Mit möglichst viel Krach. Das ist was für Major Dewar – wenn der was sagt, dröhnt die ganze Offiziersmesse!«

Flüsternd gaben die Ruderer eine Meldung vom Bug her weiter: »Fahrzeug vor Anker Steuerbord voraus, Sir!«

Hope nickte. »Fall ab ein Strich Backbord.« Er drehte sich um, weil er wissen wollte, ob das zweite Boot die Kursänderung mitmachte. »Das muß das erste sein. Die Brigg liegt ein paar Faden weiter.«

Ein Mann seufzte – wahrscheinlich mehr wegen der Aussicht, noch vierhundert Meter weiter das schwere Ruder pullen zu müssen, und nicht so sehr, weil vielleicht der Tod schon auf ihn wartete.

»Wahrschau!« Der Mann im Bug warf die Leine weg und ergriff einen Bootshaken. Die Riemen gerieten ein paar Sekunden aus dem Takt, denn etwas Großes und Schwarzes, wie ein schlafender Wal, erhob sich drohend vor dem Kutter, stieß an die Riemenblätter und verursachte einen furchtbaren Krach – wenigstens kam es ihnen so vor.

Zitternd murmelte Eden: »Dick, d-das ist ein Stück von der B-barkentine!«

»Ja.«

Bolitho roch die verkohlten Planken, er konnte sogar ein Stück von der Heckreling der *Athen* erkennen, ehe es wieder in die Finsternis zurückglitt.

Das unerwartete Auftauchen des Wrackteils beeindruckte die Matrosen mächtig. Ein leises Grollen war zu vernehmen, und trotz ihrer Müdigkeit legten sie sich kräftiger in die Riemen.

Leise sagte Hope: »Das sind hartgesottene Männer, Bolitho. Die sind schon lange auf der *Gorgon,* und sie hatten eine Menge Freunde unter den Männern vom Prisenkommando.« Gespannt richtete er sich auf – die Masten und Rahen eines vor Anker liegenden Fahrzeugs schwangen langsam vorbei. »Da ist sie! Kein Laut mehr, sonst holt euch der Satan!«

Bolitho starrte auf das dunkle Schiff. Längsseits der *Gorgon* hätte es sich recht winzig ausgenommen. Hier auf See, von dem niedrigen Kutter aus, kam es ihm riesengroß vor.

Hope dachte laut: »Kleine Fregatte höchstwahrscheinlich. Keine englische. Dazu stehen die Masten zu schräg.« Er schien vollkommen in seine Gedanken versunken zu sein. »Dieser Satan hat sich anscheinend eine ganze Flotte zusammengeräubert.«

Hope stand auf und stützte sich auf Bolitho. Der fühlte, wie sich die Finger in seine Schulter gruben, und konnte sich vorstellen, wie dem Leutnant jetzt zumute war. »Wenn ich bloß auf meine Uhr sehen könnte!« stieß er leise hervor. Der Bootsmannsmaat grinste. »Da könnten Sie den Hunden da oben auch gleich Alarm geben, Sir.«

»Aye«, seufzte Hope. »Wir müssen eben beten, daß Major Dewar und seine Bullen pünktlich sind.«

Er spähte über das Schandeck und prüfte den Wirbel der Strömung und den Wind in seinem Gesicht. Das Resultat schien ihn zu befriedigen. »Riemen hoch!«

Tropfend hoben sich die Riemen aus dem Wasser und verharrten bewegungslos. Mit der Strömung trieb der Kutter jetzt lautlos voran.

Nun sah Bolitho die vor Anker liegende Brigg. Sie schwojte langsam, mit dem Heck seewärts, und die vergoldeten Fenster der Kapitänskajüte hoben sich etwas heller von dem schwarzen Schiffsrumpf ab. Mit Mühe und Not konnte er ihre beiden Masten ausmachen, und die beschlagenen Segel, die dunkleren Schräglinien der Wanten; und dann versank alles wieder in der Nacht.

Bolitho versuchte, sich in die Situation derer an Bord zu versetzen. Sie hatten die Barkentine geentert und genommen, hatten ihre Ladung geplündert und die Mannschaft niedergemacht. Als ein großes Kriegsschiff in Sicht kam, hatten sie abgedreht und waren hierher zurückgekommen, um sich ihre Prise näher anzusehen. Das Auftauchen der *Gorgon* vor der Küste mochte wohl allerlei Spekulationen verursacht haben, aber vermutlich fühlten sie sich unter den Geschützen des alten Forts hinreichend sicher. Das Fort stand schon ein paar hundert Jahre an dieser Stelle, wie der Kapitän gesagt hatte. Es hatte mehrmals den Herrn gewechselt, aber immer nur durch Staats- oder Handelsverträge, niemals durch gewaltsame Eroberung. Ein paar Mann hinter diesen geschickt plazierten Geschützen, ein paar heißgemachte Kanonenkugeln – alles andere war leicht. Selbst wenn Kapitän Conway mehrere kleine, schnell bewegliche Schiffe unter seinem Kommando gehabt hätte und zehnmal so viele Männer, wäre die Festung kaum zu nehmen gewesen. Und in Friedenszeiten war es sehr zweifelhaft, ob Admiralität und Parlament der Ansicht gewesen wären, dieses stecknadelkopfgroße Stückchen Afrika lohne eine ausgewachsene Belagerung mit allen Risiken, die dabei drohten. Aber andererseits erwarteten sie von Kapitän Conway, daß er etwas unternahm. Für den Anfang zum Beispiel, daß er die Brigg zurückeroberte.

Ein silbriger Lichtstrahl lief plötzlich die Fockmastwanten der Brigg hinauf, und Hope zischte: »Das ist die Bugankerwache – kontrolliert das Ankertau.« Ebenso unvermittelt verlöschte die Laterne wieder.

Der Strom trieb den Kutter schräg auf das Heck der Brigg zu. Hope mußte sich darüber klar sein, daß ihm keine Zeit mehr blieb. Ruhig befahl er: »Riemen ein! Achtung, der Bugmann!« Mit dumpfen Rumpeln wurden die Riemen in die Duchten gezogen; aber Bolitho wußte aus Erfahrung, daß dieses Geräusch, das hier unten in der kühlen Brise ohrenbetäubend schien, auf dem Vorderkastell der Brigg kaum zu hören sein würde.

Eden flüsterte: »Was wird Mr. T-tergorren machen?«

Unter der Spannung lief ein eiskalter Schauer über Bolithos Rücken. Er hörte, wie Hope möglichst leise seinen Degen aus der Scheide zog; gebückt spähte er zur Kampanje der Brigg hinauf, die langsam und stetig aus der Nacht über dem Boot aufstieg. Er antwortete Eden: »Sobald wir geentert haben, wird er vom Bug her angreifen, die Ankertrosse kappen und ...«

»Fertig, Jungs!« rief Hope.

Von See her, weit draußen, kam das Krachen einer Explosion. Ein dunkelroter Schein breitete sich glitzernd auf dem Wasser aus, so daß jede einzelne Welle der Dünung wie Seide schimmerte. Dann noch eine Explosion, und noch eine.

»Dewars Soldaten haben schon angefangen«, rief Hope. Er strauchelte und fiel beinahe, als der Kutter achtern gegen die Brigg stieß und der Bugmann seinen Draggen über die Reling schleuderte.

»Los, Jungs!« Hopes Ruf kam nach der gespannten Stille wie ein Donnerschlag. »Drauf!«

Unter wildem Geschrei enterten die Männer über den Schiffsrumpf und die offenen Stückpforten auf und strömten in hellen Haufen an Deck. Ein paar stießen auf ein locker aufgelaschtes Enternetz, aber es wurde durchschnitten, ehe noch Alarmrufe aus dem Schiffsinnern ertönten, und von Hope und dem Bootsmannsmaat angeführt, überschwemmten die Männer das fremde Deck.

Es war eine Szene wie aus der Hölle. Die britischen Matrosen rasten über das Deck; wild erglühten ihre Gesichter im roten Schein der Explosion.

Zwei Gestalten rannten ihnen von der Back entgegen, und ein Pistolenschuß krachte. Ein Matrose stürzte mit einem Schrei auf die Planken; ein anderer stach den einen Verteidiger mit seinem Entersäbel über den Haufen und versetzte dem Fallenden noch obendrein einen Hieb in den Nacken.

Noch mehr Schüsse: Die Kugeln schlugen dröhnend in die Planken oder zischten ins Meer. Die Mannschaft der Brigg drängte sich durch die beiden Luken, und eine Anzahl von Hopes Männern fiel unter einer unregelmäßigen Salve von Pistolen und Musketen.

»Bringt die Drehbasse vom Kutter!« brüllte Hope. Er bekam einen Mann zu fassen, der von einer Musketenkugel getroffen war, und ließ ihn aufs Deck niedergleiten; dabei keuchte er: »Wo bleibt denn dieser verfluchte Tergorren?«

Das Vorschiff der Brigg wimmelte jetzt von bleichen Männern, die auf dem Deck, wo sie sich auskannten, Deckung nahmen und auf das weichende Enterkommando feuerten.

Verzweifelt sagte Hope: »Wenn wir nicht zum Nahkampf kommen, sind wir erledigt!«

Die Pistole in der Linken, den krummen Säbel in der Rechten, brüllte er: »Nahkampf, Jungs!«, rannte über das Deck und warf sich auf die nächste Schützengruppe. Einem Gegner jagte er eine Pistolenkugel in die Brust und hieb einem anderen den Säbel ins Gesicht. Angstvolle Schreie zeugten von seinem Erfolg. Unter Flüchen und Hurras folgten die Enterer seinem Beispiel und hieben wie wild auf alles ein, was sich bewegte.

Bolitho feuerte Marracks beide Pistolen in den dichtgedrängten Haufen ab und steckte sie sich wieder ins Koppel. Er riß seinen Entersäbel heraus und parierte damit ein Rundholz, mit dem ein Gegner wie mit einer Lanze nach ihm stieß.

Mitten in Schrecken und Gefahr kam ihm die Erinnerung an seinen ersten Enterangriff. Da hatte ihm ein Leutnant seinen Fähnrichsdolch weggenommen und verächtlich gesagt: »Das ist bloß Spielzeug.

Für solche Arbeit braucht man eine Männerwaffe.« Und dann mußte er an Grenfell denken. Der hatte seinen Dolch auch nicht mitgenommen, sondern ihn an der Bordwand der *Gorgon* hängen lassen.

Er sah das Gesicht seines Gegners über sich; der Kerl brüllte wie der Leibhaftige, aber Bolitho konnte nicht ausmachen, in welcher Sprache. Er spürte einen heftigen Schlag seitlich am Kopf und sah, wie der Arm des Mannes in die Höhe ging; bleich glänzte der Säbel gegen den schwarzen Himmel.

Bolitho drehte sich weg und stieß seinen Entersäbel nach oben. Ein schmerzhafter Hieb traf seinen Arm, aber er merkte, wie der Mann stürzte, seinen Säbel fallen ließ und vom Strudel der keuchenden, kämpfenden Gestalten verschluckt wurde.

Bolitho hörte einen schrillen Schrei und sah Eden halb liegend auf dem dunklen Deck herumtasten, und über ihm stand ein Kerl, der seine Muskete wie eine Keule schwang. Im Blitz eines Pistolenschusses glühten die stieren Augen des Mannes auf, aber sein wütendes Gesicht verzerrte sich zu einer Maske tödlichen Schreckens, als ihn die Kugel zu Boden schmetterte. Bolitho riß Eden hoch und hieb nach einer rennenden Gestalt, aber seine Klinge fuhr nur durch leere Luft.

»Da ist das Drehgeschütz!« rief Hope – eben wurde die Schienenlafette mit der kleinen Karronade übers Deck gezogen. »Schnell! Zurück!«

Sie brauchten keine weitere Aufforderung. Parierend und um sich hauend, kämpften sich die Überlebenden zur Kampanje durch und zerrten die Verwundeten mit sich, so gut es ging.

»Hinlegen, Jungs!« kommandierte Hope. Er hieb einen Angreifer mit seinem Entersäbel nieder, eben als der Bootsmannsmaat eine Lunte an die Drehbasse hielt, die inzwischen in Stellung gebracht war.

Der Mann, den Hope eben niedergestochen hatte, mußte eine geladene Pistole bei sich gehabt haben, denn als die Drehbasse eine Ladung gehacktes Blei in die Schattenmasse der Angreifer jagte, fiel die Pistole an Deck und ging los, obschon ihr Besitzer bereits tot war. Die Kugel traf den Leutnant in die Schulter, und er sank lautlos neben dem qualmenden Geschütz nieder.

Als ihre Ohren sich von dem bösartigen Krachen der Karronade erholt hatten, hörte Bolitho die Schreie der Feinde, die in die tödliche Salve hineingelaufen waren. Kein Wunder, daß die Seeleute dieses Geschütz »die Sense« nannten.

Dann vernahm Bolitho von Steuerbord die bekannte grobe Stimme des Leutnants Tergorren, das Trappeln und Stampfen von Füßen und das Hurra der Mannschaft des zweiten Bootes.

Das war für die Besatzung der Brigg mehr als genug. Haifische oder nicht – sie sprangen über Bord, ohne auf die Schreie und Flüche ihrer Kameraden zu achten, die so schwer verwundet waren, daß sie nicht ebenfalls fliehen konnten.

Tergorren schritt nach achtern und blieb nur einmal kurz stehen, um einem Mann, der ins Rigg klettern wollte, einen Belegnagel über den Schädel zu hauen.

»Kümmert euch um Mr. Hope!« rief er den Männern beim Geschütz zu. Der Belegnagel in seiner Hand, mit dem er den Befehl unterstrich, sah aus wie eine mißgestaltete Faust.

»Zwei Mann ans Ruder! Mr. Dancer, geben Sie weiter: Ankertau kappen!« Er neigte sich etwas rückwärts, um in die Takelung zu spähen. »'n paar Mann rauf, Marssegel setzen! Los, Beeilung! Sonst laufen wir auf, Kinder!«

Bolitho kniete neben dem verwundeten Leutnant und merkte, daß diesen vor Schmerz die Kräfte verließen. »Das war tapfer von Ihnen, Sir!« sagte er.

Mit zusammengebissenen Lippen entgegnete Hope: »Ging ja nicht anders.« Er versuchte, Bolithos Arm zu klopfen. »Eines Tages werden Sie begreifen, was ich meine.«

Tergorren stand drohend über ihnen. »Mr. Eden! Kümmern Sie sich um den Leutnant!« Dann sah er Bolitho. »Ach, Sie sind auch noch da?« Er zuckte die Schultern. »Na schön, gehen Sie mit nach oben, und treiben Sie die faulen Hunde an!«

Die Brigg krängte bereits in der ablandigen Brise; ihre eilig gelösten Marssegel flatterten krachend wie Musketenfeuer, als sie von dem gekappten Ankertau freikam.

»Ruder gegen!«

Ein paar Kugeln pfiffen über das Schiff – niemand wußte, wer sie abgefeuert hatte.

»Vorsegel los!« Tergorren schien überall zu sein. »Auf Steuerbordkiel!«

Bolitho hielt sich an den Wanten fest und starrte voraus, wo immer noch das Feuer brannte, das die Seesoldaten bei ihrem Ablenkungsmanöver entfacht hatten. Winzige Laternenlichter glitten hin und her, und Bolitho begriff, daß diese zu dem anderen Schiff gehörten, das bereits beträchtlich achteraus lag. So lange der Bootstörn um die Landspitze herum mit all seiner Spannung und seiner Angst gedauert hatte – die eigentliche Aktion hatte knapp zwanzig Minuten in Anspruch genommen. Unglaublich – und als er daran dachte, wie nahe er dem Tod gewesen war, lief ihm noch nachträglich eiskalter Schweiß die Wirbelsäule hinab. Er rutschte an einer Pardune hinunter. An Deck brüllte Tergorren schon wieder seine Befehle.

Dancer kam ihm entgegengerannt: »Mein Gott, ich habe mir Sorgen um euch gemacht. Ich dachte schon, wir würden überhaupt nicht eingreifen!«

Er wandte sich um, denn ein Mann schrie: »Sir! Da unten ist ein ganzer Haufen britischer Seeleute eingesperrt!«

»Kümmert euch drum!« befahl Tergorren. »Die sind sicher von der alten Besatzung.« Er faßte den Mann beim Arm. »Aber alle Gefangenen, gesund oder von mir aus auch tot – die will ich an Deck sehen!«

Er beugte sich zur Bussole hinunter. »Recht so, der Rudergänger! So hoch an den Wind, wie ihr könnt. Ich will aus dem Schußfeld der Batterie bleiben.«

»Aye, aye, Sir.« Die Männer am Ruder ließen das Rad leicht und geschickt spielen. »Voll und bei, Sir! West zu Süd.«

Aus der Großluke stolperten einige Gestalten ins Freie. Selbst in der Dunkelheit spürte Bolitho, daß sie auch dann noch kaum an ihre Befreiung glauben konnten, als die Matrosen ihnen an Deck halfen.

Einer kam unsicheren Schrittes zum Achterdeck und legte grüßend die Hand an die Stirn. »Steuermannsmaat Starkie von der *Sandpiper,* Sir.« Er schwankte und wäre umgefallen, wenn Bolitho ihn nicht gestützt hätte.

»Der Dienstälteste?«

»Aye, Sir. Kapitän Wade und die anderen Offiziere sind gefallen.« Er schlug die Augen nieder. »Es war die reine Hölle, Sir.«

»Möglich.«

Tergorren trat zum Großmast und starrte auf das schlagende Marssegel. »Nehmt ein paar von diesen Männern zur Hilfe und setzt das Bramsegel, dann die Fock. Ich brauche mehr Seeraum.«

Er wandte sich wieder dem Steuermannsmaat zu. »Mr. Starkie«, befahl er, «übernehmen Sie achtern das Kommando. Sie sind ja dafür qualifiziert.« Langsam musterte er ihn von oben bis unten, als könnten seine Augen die Finsternis durchdringen. »Allerdings anscheinend nicht so sehr dafür, ein Schiff Seiner Majestät zu verteidigen, he?«

Ohne eine Antwort abzuwarten, rief er nach Dancer und brach dann wie ein Pflug durch die verwirrt herumstehenden, befreiten Gefangenen.

Der Bootsmannsmaat kontrollierte den Kompaß und sagte böse: »Der braucht nicht so zu reden! Wir hatten überhaupt keine Chance.« Mit einem anerkennenden Blick auf Bolitho fuhr er fort: »Ihr habt gut gekämpft. Diese Hunde hier machten schon ihre Späße darüber, wie sie euer Schiff in die Falle locken würden.«

»Aber was sind denn das überhaupt für Kerle?«

Starkie stieß einen tiefen Seufzer aus. »Piraten, Korsaren – nennen Sie sie, wie Sie wollen; aber ich sage Ihnen, schlimmere habe ich nie gesehen, und ich fahre mein Leben lang zur See.«

Eben wurde Leutnant Hope von zwei Mann zur Kajütsluke gebracht; und Bolitho betete im stillen, er möge kräftig genug sein, um durchzukommen. Eine Anzahl Männer waren gefallen; ein Wunder, daß es nicht noch mehr waren.

»Sie haben uns als Bedienung für die *Sandpiper* an Bord behalten«, fuhr Starkie fort. »Wie Galeerensklaven haben sie uns behandelt, wie den letzten Dreck. Ihre eigenen Leute reichten gerade für die

Geschützbedienung aus. Aber sie waren genug, um uns unter Druck zu halten, das kann ich Ihnen sagen!«

Eden trat herzu. »W-waren auch M-midshipmen dabei?«

»Zwei. Nur zwei. Mr. Murray ist beim Angriff gefallen. Mr. Flowers, der war ungefähr so alt wie Sie – tja, den haben sie später umgebracht.« Er wandte sich ab. »Aber lassen wir das jetzt. Ich mag nicht mehr daran denken.«

Tergorren kam wieder nach achtern. Er war beinahe leutselig. »Sie steuert sich gut, Mr. Starkie. Erstklassiges Schiffchen. Und vierzehn Geschütze, wie ich sehe.«

Eden mischte sich ein. »Mr. Starkie s-sagt, Sir, diese Piraten sind das Schlimmste, w-was er je gesehen hat.«

Tergorren musterte immer noch mit schräggeneigtem Kopf die Brigg, deren Segel flappten und knallend gegen die Masten schlugen, bis das Schiff wieder auf Kurs lag.

»Ach, tatsächlich? Das andere Piratenschiff hat Anker gelichtet.« Er sah Starkie an. »Wohin mag es wollen, was denken Sie?«

Starkie hob die Schultern. »Die wollen sich irgendwo nördlich von hier mit einem anderen Schiff treffen. Nach dem hat Kapitän Wade gesucht, als wir angegriffen wurden.«

»Aha.« Tergorren ging nach achtern an die Heckreling. »In einer Stunde oder so fängt es an, hell zu werden. Dann können wir der *Gorgon* signalisieren. Schicken Sie einen guten Mann in den Ausguck. Vielleicht erwischen wir den Kerl und können ihn baumeln lassen.« Ärgerlich wandte er sich Eden zu. »Na, was haben Sie hier herumzuglotzen? Beim Kampf haben Sie nichts getaugt, wie ich höre. Haben wohl nach Ihrer Mama gejault, was? War keiner da zum Händchen halten, was?«

»Nicht so laut, Sir«, sagte Bolitho, »die Leute hören zu.«

»Und Sie hol' der Teufel für Ihre Unverschämtheit!« Tergorrens Stimmungen wechselten offenbar wie Gewitterböen. »Ich verbitte mir das!«

Aber Bolitho blieb fest. »Mr. Eden ist beim Entern niedergeschlagen worden, Sir.« Er fühlte, daß ihn seine Vorsicht verließ und er im Begriff war, seine ganze Zukunft zu ruinieren. Aber er hielt Tergorrens brutalen Hohn gegen jemanden, der sich nicht wehren konnte, einfach nicht mehr aus. »Wie Sie sich erinnern werden, Sir, waren wir stark in der Minderzahl. Wir hatten auf Ihre Unterstützung gerechnet.«

Tergorren starrte ihn an, als träfe ihn der Schlag. »Wollen Sie –«, er zupfte nervös an seiner Halsbinde –, »wollen Sie etwa andeuten, ich hätte zu spät geentert?« Er beugte sich vor, bis sein Gesicht nur ein paar Zoll von Bolithos Gesicht entfernt war. »Ja? Wollen Sie das?«

»Ich habe nur sagen wollen, daß Mr. Edens Verhalten einwandfrei war, Sir. Er hatte seine Waffe verloren, und schließlich ist er erst zwölf Jahre alt, Sir.«

Sie starrten einander an, blind und taub für alles, was um sie herum geschah.

Dann nickte Tergorren ganz langsam. »Na schön, Mr. Bolitho. Sie werden mit in den Ausguck gehen, bis ich Gegenbefehl gebe. Bei der Rückkehr zum Schiff werde ich Sie wegen grober Insubordination in Arrest legen lassen.« Er nickte nochmals. »Wollen mal sehen, wie Ihrer feinen Familie das gefällt – he?«

Bolitho fühlte sein Herz wie einen Hammer gegen seine Rippen schlagen. Er mußte es sich wieder und wieder vorsagen: Er will, daß ich ihn schlage. Er will, daß ich ihn schlage. Dann hätte Tergorren seine Absicht voll erreicht; und für Bolitho wäre es das Ende gewesen.

»Sonst noch was, Sir?« Seine eigene Stimme klang ihm so fremd, daß er sie kaum erkannte.

»Nein. Einstweilen nicht.« Der Leutnant fuhr herum, und die Männer, die starr und stumm, wie hypnotisiert, zugehört hatten, stoben bei der plötzlichen Bewegung auseinander wie erschreckte Kaninchen.

Dancer blieb an Bolithos Seite, bis dieser an den Marswanten haltmachte. »Eine Gemeinheit war das«, sagte er wütend. »Am liebsten hätte ich ihn zu Boden geschlagen, Dick.«

»Ich auch.« Bolitho schwang sich an einer Webeleine hoch und starrte zur Großrahe empor. »Und das wußte er auch ganz genau.«

Unsicher entgegnete Dancer: »Mach dir nichts daraus. Immerhin haben wir die Brigg genommen. Das muß uns Kapitän Conway doch schließlich zugute halten.«

»Hoffentlich«, erwiderte Bolitho. »Mehr haben wir auch nicht zu bieten.« Er kletterte hoch. »Geh, Martyn, sonst stellt er auch mit euch noch was an.«

Da hörten sie auch schon Tergorrens Stimme, die ihn im Dunkel suchte. »Wenn Sie fertig sind, Mr. Dancer, dann suchen Sie gefälligst einen Koch. Er soll in der Kombüse Feuer machen. Diese Kerls sehen aus wie Vogelscheuchen, und Dreck kann ich nicht leiden!«

»Sofort, Sir«, rief Dancer zurück.

Er blickte an den schwarzen Wanten hoch, aber Bolitho war schon verschwunden.

VII Mr. Starkies Bericht

Richard Bolitho hielt sich an einer Pardune fest und beobachtete den Himmel. Zögernd erschien, dicht über dem Horizont, ein etwas hellerer Streifen. Kaum mehr als ein grauer Schimmer – aber in ein paar Stunden würde es so heiß sein, daß einem fast das Hirn kochte.

Er fühlte das Vibrieren und Schwanken des Mastes, als die *Sandpiper* willig auf die sich füllenden Segel reagierte. Wie mochte es wohl den Verwundeten gehen? Besonders Leutnant Hope – würde er sich erholen oder seiner Verletzung erliegen?

Unten auf dem engen Achterdeck und am Großmast konnte er mit Mühe ein paar Gestalten erkennen. Es kam ihm vor, als steige Essensgeruch aus der Kombüse herauf, und sein Magen zog sich schmerzhaft zusammen. Er wußte gar nicht mehr, wann er zuletzt gegessen hatte, und immer wütender wurde er auf Tergorren, der ihn jetzt, zu allem anderen, hier oben auch noch hungern ließ.

In einem hatte der Leutnant recht gehabt. Wenn

die Kunde von dem Geschehen bis in Bolithos Elternhaus gedrungen war, dann würde Tergorrens Feindseligkeit und Unfairneß dabei nicht zur Sprache kommen. Seine Eltern würden genau das zu hören kriegen, was sie nach Tergorrens Absicht hören sollten, nämlich daß sich ihr Sohn einer Insubordination gegen seinen vorgesetzten Offizier schuldig gemacht hatte.

Er hörte ein Keuchen und sah Dancer, der sich neben ihm auf die Saling heraufzog.

»Sei lieber vorsichtig, Martyn!« sagte er besorgt.

Dancer schüttelte den Kopf. »Ist schon in Ordnung, Dick. Mr. Starkie hat mich raufgeschickt. Er macht sich Sorgen um den Leutnant.«

Bolitho sah ihn bestürzt an. »Um Mr. Hope? Geht's ihm schlechter?«

»Nein.« Bolitho griff nach dem Stag, denn die Brigg krängte heftig in einer plötzlichen Bö. »Tergorren macht ihm Kummer.« Er grinste. »Mir allerdings nicht – da müßte ich lügen.«

Bolitho streckte seine schmerzenden Glieder. Ihm tat alles weh, und sein Gesicht war ganz klamm von der salzigen Feuchte.

»Mr. Starkie denkt, Tergorren hat das Fieber«, sprach Dancer weiter.

Sie glitten miteinander an Deck hinunter und fanden den Bootsmannsmaat bei den Rudergasten stehen.

»Gleich geht die Sonne auf«, sagte er hastig. »Ich

verstehe das nicht. Er ist wie besessen, da unten in der Kajüte. Ich weiß nicht, was werden soll, wenn es irgendwelche Schwierigkeiten gibt.« Er wandte sich ab; seine Stimme wurde spröde. »Nochmals Gefangenschaft – das halte ich nicht aus. Nicht nach allem, was wir durchgemacht haben, bei Gott nicht!«

»Wir gehen zu ihm hinunter. Aber ich bin kein Arzt«, erwiderte Bolitho und faßte Dancer beim Arm.

In der winzigen Kajüte, wo der letzte Kapitän der *Sandpiper* sein bißchen Privatleben und eine Menge Sorgen gehabt hatte, fanden sie Tergorren am Tisch sitzen. Sein Oberkörper war auf die Tischplatte gesunken, das Gesicht lag in den gekreuzten Armen. Die Kajüte stank nach Schnaps oder billigem Rotwein; bei jeder Bewegung der Brigg rollte unter der Koje polternd eine Flasche hin und her, und im Schein der einzigen Lampe sah Bolitho in einem Gestell vor dem Schott noch eine ganze Reihe solcher Flaschen.

Grimmig murmelte Dancer: »Anscheinend hat Mr. Tergorren seinen privaten Himmel gefunden.«

Bolitho lehnte sich über den Tisch. »Ich versuche, ihn wachzukriegen. Halt du dich raus.« Er faßte den Leutnant unter den Achseln, wuchtete ihn hoch und setzte ihn so hin, daß die Stuhllehne ihn im Rücken stützte. Er dachte, Tergorren sei schlicht betrunken; aber Dancer rief: »Mein Gott, Dick, der sieht ja aus wie der Tod!«

Tergorren war erschreckend bleich; sein sonst so wetterrotes Gesicht war fleckig grau, und als er mühsam die zitternden Lider hob, war sein Blick so verwirrt wie unter der Einwirkung eines schweren Schocks.

Er wollte etwas sagen, aber seine Sprache war so behindert, daß er eine ganze Weile krächzen mußte, um sich die Kehle freizumachen.

»Sind Sie krank, Sir?« Dancer versuchte, ein Grinsen zu verbergen, und Bolitho fuhr rasch fort: »Mr. Starkie macht sich große Sorgen um Sie, Sir.«

»So, macht er?« Tergorren versuchte aufzustehen, sank aber laut stöhnend in den Stuhl zurück. »Geben Sie mal die Flasche da her!« Unbeholfen, als ob seine Finger Klauen wären, umfaßte er die Flasche und tat einen langen, verzweifelten Zug.

»Weiß nicht, was mit mir los ist.« Er war kaum zu verstehen. »Glieder gehorchen mir nicht.« Er rülpste und versuchte nochmals, aufzustehen. »Muß an Deck.«

Bolitho und Dancer hievten ihn hoch, und die drei schwankten und stolperten ein paar Sekunden wie in einem makabren Tanz. »Den hat's aber richtig erwischt«, murmelte Dancer. »Blutfieber nennt unser alter Doktor das. Er fällt ja ganz auseinander!«

Als sie sich den Niedergang zur Hauptluke hinaufarbeiteten, sah Bolitho, daß Eden in der Tür der anderen kleinen Kajüte stand – dort hatte man Hope hingeschafft – und ihnen nachblickte.

»Faß mal mit an, Tom! Wir müssen ihn an Deck schaffen.«

»D-der sieht aber wirklich f-furchtbar aus!« sagte Eden freudestrahlend.

An Deck war die Luft wie Wein nach dem scheußlichen Gestank in der Kajüte. Starkie kam ihnen eilig entgegen. »Hat er wirklich das Fieber?«

»Er hat G-gicht, Mr. Starkie«, piepste Eden. »H-hab ich ja die ganze Zeit gesagt. Er hat M-medizin gegen die Schmerzen genommen, w-wahrscheinlich eine Überdosis.«

Alle starrten den winzigen Midshipman an, der sich da plötzlich als ein Born medizinischer Weisheit erwies – der einzige, den sie hatten.

»Ja – aber was sollen wir denn bloß machen?« Starkie schien völlig ratlos zu sein.

Eden musterte den zusammengesunkenen Mann und erwiderte: »W-wenn wir wieder auf dem Schiff sind, wird ihn der D-doktor b-behandeln. Hier können wir g-gar nichts machen.« Er verzog das Gesicht. »G-geschieht ihm g-ganz recht.«

»Das mag ja sein«, sagte Starkie und blickte zu Dancer hinüber, der den Leutnant am Rock festhielt, weil er eben beinahe über die Reling ins Meer gefallen wäre. »In Kürze werden wir ihn aber sehr nötig brauchen.«

Verwundert blickte Dancer ihn an. »Wieso denn? Wir können doch der *Gorgon* signalisieren, und der Kapitän wird schon wissen, was zu tun ist.«

Starkie warf ihm einen trüben Blick zu. »Sie haben es nicht gemerkt. Der Wind hat nach Nordost gedreht. Ihr Schiff würde den ganzen Tag brauchen, um auf unsere Position zu kreuzen – das heißt, wenn Ihr Kapitän überhaupt weiß, was hier los ist.«

»Aber was hindert uns, Kurs auf die *Gorgon* zu nehmen?« beharrte Dancer.

»Ich bin ja nur Bootsmannsmaat«, erwiderte Starkie, »und froh, wieder in Freiheit und in Sicherheit zu sein; aber ich kenne die Kriegsmarine, und ich kenne die Kapitäne. Die *Sandpiper* liegt in günstiger Position, den Feind anzugehen oder ihm wenigstens bis zu seinem Schlupfwinkel zu folgen.« Er hob die Schultern. »Aber ohne Offiziere – da weiß ich nicht so recht. Für nutzloses Heldentum kriegt man in keiner Flotte eine Belohnung.«

»Wir segeln also nicht zur *Gorgon*?« fragte Eden. Er sprach so leise, daß ihn alle erstaunt ansahen.

Bolitho fiel auf, daß er vor lauter Angst nicht einmal mehr stotterte. »Komm mal her zu mir, Tom«, sagte er. Er nahm den Knaben beim Arm und fragte ganz ruhig: »Was hast du mit Mr. Tergorren angestellt?«

Eden starrte das Deck an; seine Hände zuckten nervös. »Ich wußte, daß er sich selbst k-kuriert und sich M-medizin in den Wein tut. Auf einer Flasche in seiner K-kajüte steht's drauf. *Vinum Antimonii* – was mein V-vater immer bei G-gicht verordnet. Und da hab ich eine g-große Dosis in eine von seinen Wweinflaschen geschüttet. Er m-muß alles ausgetrunken haben, und noch eine ganze Flasche B-brandy obendrein«, schloß er verzweifelt.

Bolitho starrte ihn entsetzt an. »Du hättest ihn umbringen können.«

»A-aber ich dachte doch, wir k-kommen auf unser Schiff, verstehst du. Es sollte ihm d-doch bloß mal so r-richtig dreckig gehen, weil er so g-gemein zu dir war, und zu m-mir auch.« Er schüttelte traurig den Kopf. »Und nun sagst du, wir s-segeln noch nicht zur *G-gorgon* zurück?«

Bolitho holte tief Atem. »Sieht jedenfalls so aus.«

Dancer stützte den Leutnant, der vom Schanzkleid wegtaumelte. »Zwei Mann her!« rief er. »Der Leutnant muß wieder in seine Kajüte geschafft werden.«

»Bin bloß neugierig, was jetzt werden soll«, sagte Bolitho.

Wie eine Antwort darauf kam ein Ruf vom Ausguck: »Deck ahoi! Segel in Lee voraus!«

Sie stürzten an die Reling, aber in Lee lag das Meer noch in tiefem Schatten.

Bitter sagte Starkie: »Also liegen wir diesem Satan genau im Wind. Der steht genau zwischen uns und unserer Sicherheit.«

»Wie gut kennen Sie diese Küste?« fragte Bolitho, und es war, als stelle sich diese Frage ganz von selbst, ohne sein Zutun.

»Gut genug.« Starkie blickte starr auf den Kompaß nieder, wie um seine Gedanken zu sammeln. »Eine schlechte Küste, wenn man versuchen will, schneller als eine Fregatte zu sein.«

Bolitho dachte an die *Gorgon,* die sich südlich zur Position der *Sandpiper* befand. Vielleicht wußte der Kapitän noch nicht einmal, daß sie die Brigg genommen hatten, sondern glaubte, sie sei zusammen mit der Fregatte entkommen.

Eben sagte Starkie: »Wir hatten monatelang nach den Piraten gesucht; und Käpt'n Wade hatte von einem Genueser Handelsschiff gehört, daß sich in diesen Gewässern ein solches Schiff herumtreiben soll. Damals dachte der Käpt'n, es wäre nur ein kleines Schiff und tauge wahrscheinlich nicht viel. Doch dieser Pirat versteht sein Geschäft, glauben Sie mir! Er soll halb Franzose, halb Engländer sein; aber eins ist sicher: Er hat sich mit irgendwelchen algerischen Korsaren zusammengetan, die vom Mittelmeer gekommen sind, um hier sowohl Sklavenschiffe als auch ehrliche Kauffahrer auszurauben.«

Mit einem Seitenblick auf Dancer fragte Bolitho gelassen weiter: »Sind es viele?«

»Reichlich genug. Als sie die *Sandpiper* aufbrachten, waren sie gerade knapp an Leuten, aber jeden Tag kommen neue hinzu. Ganz egal, aus welchem Land und von welcher Rasse sie sind, hauptsache, sie treten zum Islam über. Die Fregatte haben sie vor Oran aufgebracht. Sie war ein spanisches Schiff. Jetzt kommandiert sie dieser Jean Gauvin. Der ist regelrecht verrückt und hat vor nichts Angst. Früher saßen senegalesische Händler in dem Fort, aber ein algerischer Korsar, ein gewisser Raïs Haddam, hat es ihnen weggenommen. Der hat auch unsere Offiziere umbringen lassen. Ganz langsam, und vor der gesamten Mannschaft. Es war fürchterlich anzusehen und anzuhören.«

Niemand sagte etwas dazu, und Bolitho sah, wie sich in Starkies gebräuntem Gesicht der Schrecken widerspiegelte, so lebhaft, als sei eben erst geschehen, was er da berichtete.

»Wir waren direkt unterhalb der Festung vor Anker gegangen. Es war ein schöner Tag, und die Mannschaft war vergnügt. Warum auch nicht – in einem Monat würden wir auf dem Heimweg sein. Die Fregatte lag dicht bei uns, sie führte die spanische Flagge. Und auf dem Fort wehte die Flagge einer Handelsgesellschaft.« Starkie erschauerte. »Eigentlich hätte Käpt'n Wade Verdacht schöpfen müssen. Aber er war erst dreiundzwanzig und dienstgradmäßig eigentlich nur Leutnant. Wir setzten die Boote aus und gingen an Land, um dem Gouverneur der Insel unseren Besuch abzustatten. Aber wir wurden sofort umzingelt, und die Batterie des Forts feuerte ein paar Schüsse rund um die *Sandpiper,* um der Wache zu zeigen, daß Widerstand zwecklos war. Nachdem dann das Abschlachten und Foltern vorbei war, hielt dieser algerische Korsar, Raïs Haddam, uns paar Überlebenden eine Ansprache. Wenn wir das Schiff bedienten, würde er uns vielleicht leben lassen.« Er blickte zur Seite. »Gauvin war auch dabei, und als ein Midshipman zu protestieren versuchte, gab er Befehl, ihn zu töten. Sie haben ihn unten am Strand lebendigen Leibes verbrannt.«

»Mein Gott!« flüsterte Dancer.

»Aye.« Starkie blickte an ihm vorbei auf die dunkle See. »Dieser Haddam hat sich den Abschaum der Menschheit unter seiner Flagge zusammengeholt.«

Bolitho nickte. »Raïs Haddam. Ich habe von ihm gehört – mein Vater und seine Freunde haben von ihm gesprochen. Seit Jahren machte er die algerische Küste unsicher, und jetzt hat er anscheinend sein Tätigkeitsfeld hierher verlegt.« Er blickte zum bleichen Himmel hinauf. »Ich habe nie gedacht, daß ich mit dem einmal persönlich zusammengeraten würde.«

Trübe sagte Starkie: »Keine Zeit für Verteidigungsvorbereitungen.«

Bolitho blickte in die Gesichter der Umstehenden und sah nur Verzweiflung und Niedergeschlagenheit. Dancer war zu neu bei der Kriegsmarine, um etwas anderes zu empfinden. Starkie war von seiner Gefangenschaft her noch zu deprimiert, um mit Rat und Tat von Nutzen zu sein.

»Dann müssen wir uns eben zum Angriff vorbereiten«, sagte Bolitho möglichst gelassen.

Er dachte an Tergorren, der dank Edens schlimmem Streich vor Schmerzen und Trunkenheit nicht zu gebrauchen war. An Hope, der eine Pistolenkugel in der Schulter hatte und kaum noch atmete. An die Matrosen – manche waren von der plötzlichen Befreiung noch verwirrt, die anderen noch erschöpft von dem heißen Kampf auf eben diesem Deck.

»Gauvins Schiff hat vierundzwanzig Kanonen gegen unsere vierzehn kleinen Quäker!« rief Starkie erschrocken aus.

Dancer fragte: »Als sie mit der *Sandpiper* die Barkentine nahmen – was wurde da aus der Mannschaft?«

»Abgeschlachtet wie Schweine«, antwortete Starkie grimmig, »und dann über Bord!«

»Soviel also zum Negativen«, sagte Bolitho. »Und jetzt: was können wir gegen Gauvin ausrichten?«

Er ging nach Luv hinüber; das Sprühwasser prasselte ihm auf Hände und Gesicht. Dancer trat zu ihm.

»Er wird wissen, daß die *Gorgon* südlich von uns steht. Und er wird annehmen, daß wir wieder zu ihr wollen.«

Bolitho blickte zu Starkie hinüber – ob man sich wohl auf sein Gedächtnis verlassen konnte?

»Wenn wir kreuzen, Mr. Starkie – wie dicht können wir an die Landspitze heran?«

Starkie riß vor Schreck die Augen weit auf. »Zu dieser verfluchten Insel zurück, meinen Sie?«

»Ich meine: auf sie zu. Das ist etwas anderes.«

»Sehr gefährlich. Sie müssen das doch wissen, wenn Sie die Landspitze umrundet haben. Da sind massenhaft Riffe, und viele stehen noch nicht mal auf der Karte.«

Im halben Selbstgespräch sagte Bolitho: »Vor Cornwall liegen ein paar Inseln – die Scillys heißen sie. Ein Bristoler Kauffahrer wurde dort im letzten Krieg von einem französischen Kaperschiff gejagt. Der Kaper war viel schneller, aber der Kapitän des Kauffahrers kannte die Küste und die Inseln sehr gut. Er segelte geradewegs über ein Riff, und der Franzmann hinterher. Riß sich den ganzen Kiel weg. Nicht ein einziger Mann wurde gerettet.«

Starkie blickte ihn verwirrt an. »Sie wollen Kurs durch das Riff steuern? Das ist es, was Sie von mir verlangen?«

Ein schwacher Sonnenstrahl schoß über die Takelung. Das Bramsegel schimmerte wie ein goldenes Kruzifix.

»Haben wir denn eine andere Möglichkeit?« fragte Bolitho ernst. »Gefangenschaft oder vielleicht den Tod, weil er ein Exempel statuieren will, oder...« Seine Worte blieben in der Luft hängen.

Starkie nickte entschlossen. »Wahrscheinlich krepieren wir so und so, aber bei Gott, das ist eine Chance, die den Versuch wert ist.« Er rieb sich die rauhen Hände. »Dann wollen wir mal ›Alle Mann‹

pfeifen und die Segel kürzen zum Überstaggehen. Aber wenn der Wind umspringt, laufen wir auf Legerwall auf.« Unvermittelt stieß er ein tiefes kurzes Lachen aus, das sein zerfurchtes Gesicht für einen Augenblick wieder jung erscheinen ließ. »Bei Gott, Mister – wie Sie auch heißen mögen –, wenn Sie mal Kapitän sind, möchte ich nicht mit Ihnen fahren. Würde nicht lange dauern, und meine Nerven wären beim Teufel!«

Bolitho lächelte melancholisch, denn es wurde langsam heller, und er sah jetzt auf Deck die dunklen Flecken, wo die Männer gekämpft hatten und gestorben waren, und die gesplitterten Einschläge der Drehbasse. Er warf Eden einen bedeutsamen Blick zu.

»Sieh nach, wie es Mr. Hope geht. Versuch, ihm ein bißchen Brandy zu geben.« Und als der Knabe zusammenzuckte: »Aber nicht aus Mr. Tergorrens Flasche, wenn ich bitten darf!«

Als Eden sich schon zum Achterdeck wandte, fügte er noch hinzu: »Und sieh nach, ob du eine britische Flagge findest. Dieser Pirat soll sehen, daß die *Sandpiper* wieder unter den richtigen Farben segelt!«

Dancer blickte ihn stumm an. Dann sagte er leise zu Starkie: »So habe ich ihn noch nie erlebt. Er will kämpfen, das ist klar.«

Der Bootsmannsmaat ging zur Leereling hinüber und spuckte in das milchige Bugwasser. »Na, mein

Junge, wenn Gauvin diese Flagge sieht, dann reicht das zum Kampf. Die sieht er nämlich gar nicht gern.«

Eden kam mit einer Leinwandrolle zurück. »Hab' eine gefunden, Dick. Hinter den B-brandyflaschen in der K-kajüte.«

»Wie sind die Leutnants zuwege?« fragte Starkie gespannt. Vielleicht hoffte er, daß doch noch jemand anders die Verantwortung übernehmen würde.

Eden schob die Lippen vor. »Mr. Hope atmet ein b-bißchen besser. Mr. Tergorren geht's d-dreckig.«

Starkie seufzte. »Na schön. Pfeifen wir ›Alle Mann an die Brassen‹. Wenn schon, denn schon. Hat keinen Sinn, die Sache noch lange aufzuschieben.«

Bolitho faßte die Achterdeckreling und sah zu, wie die Männer an die Brassen und Falleinen rannten. Ihre Bewegungen waren unregelmäßig und ruckhaft, als ständen sie noch unter dem Schock und wären ihrer selbst nicht recht sicher.

Es war wie ein Traum. Ein Traum von Piraten, von tapferen, jungen Offizieren im Kampf gegen die Feinde des Vaterlandes.

Aber sehr schnell wurde ein Alptraum daraus. Nur der erste Teil stimmte: eine kleine Brigg, eine mutlose Mannschaft und ein paar halbe Knaben als Führer.

Er dachte an seinen Vater und an Kapitän Conway, die mit Ruhe und Zuversicht auf ihre Geschütze und ihre seemännische Erfahrung vertrauen konnten.

Er rief: »Flagge setzen, Mr. Eden!« Sogar diese dienstlich formelle Anrede war etwas ganz Neues für ihn. Und dann: »Klar zum Überstaggehen!«

VIII Über das Riff

»Kurs Südsüdost, Sir. Voll und bei.«

Bolitho faßte in die Finknetze und beobachtete aufmerksam, wie die *Sandpiper* ihr Leeschanzkleid steil aus der See hob, Sprühwasser und Schaumfetzen flogen über Deck. Matrosen waren dabei, mehr Segel zu setzen, und Bolitho blickte zur Großrah empor, die sich wie der Bogen einer riesigen Armbrust spannte.

»Der Wind frischt ein bißchen auf«, sagte Starkie ganz heiser vor Erregung. »Aber er kommt stetig aus Nordost. Bis jetzt jedenfalls«, fügte er grimmig hinzu.

Bolitho hörte kaum hin. Er beobachtete, wie die Brigg arbeitete, wie sie sich mit jeder anbrandenden, weißbemützten Welle hob und dann wieder ins Wellental hinabschmetterte.

Seit dem Überstaggehen, seit die vergoldete Galionsfigur wieder landwärts zeigte, spürte er, daß die Stimmung im Schiff anders war. Selbst die Männer der Stammbesatzung, von denen viele noch eiternde

Wunden und grausame Verletzungen von der Gefangenschaft her aufwiesen, tauschten wohlgemute Zurufe und taten ihr Bestes, um jeden Quadratzoll Leinwand zu setzen, den die Brigg tragen konnte, ohne daß die Masten brachen. Nur wenn sie auf das Achterdeck blickten, wurden sie unsicher. Vielleicht, dachte Bolitho, hofften sie immer noch, dort ihren jungen Kapitän an der Reling zu sehen, als könnten sie durch solch eine unsinnige Hoffnung ihre bösen Erinnerungen verdrängen.

Über das Klingen und Sausen von Leinwand und Wind hinweg hörte er Dancers Stimme: »Sie fliegt wie ein Vogel, Dick!«

Er nickte. Tief tauchte der Bug in die hoch anrollenden Wellen, und wie ein festes weißes Laken breitete sich der Schaum über den Schiffsschnabel.

»Aye.« Er blickte achteraus. »Siehst du die Fregatte?« Er packte Dancer erregt beim Arm. »Da ist sie! Und auch sie setzt mehr Segel.« Im aufsteigenden Morgenlicht, vor dem jetzt die Finsternis mehr und mehr auf die offene See wich, konnte er Mars- und Bramsegel des feindlichen Schiffes ausmachen, deren Umrisse sich änderten, als es ebenfalls auf den anderen Bug ging und, die Verfolgung aufnehmend, direkt hinter ihnen herkam. Er zeigte auf die Flagge im Topp der Brigg, die sich leuchtend gegen den trüben Himmel abhob.

»Mr. Starkie hat anscheinend recht. Unser Gegner ist wütend.«

Vorgeneigt, um die steile Krängung des Decks auszugleichen, schritt Starkie nach Luv hinüber.

»Ich halte sie so dicht vorm Wind, wie ich riskieren kann. Noch ein Strich mehr, dann läßt sie sich nicht mehr steuern.«

Bolitho nahm ein Fernglas aus der Halterung und richtete es auf das Land. Als er im Gewirr der vibrierenden Wanten und Falleinen einen Stützpunkt suchte, sah er, wie die bleichen Gesichter einiger Matrosen sich ihm zuwandten – was mochten sie wohl denken, jetzt, da die Brigg Kurs auf die Küste nahm, ausgerechnet dorthin, wo ihre Leiden und Demütigungen begonnen hatten?

Da bekam er die Landspitze ins Blickfeld, die aus der kochenden Brandung wie der Schnabel einer römischen Galeere herausragte. Wie anders war der Anblick vom Kutter aus gewesen, und wie lange war das her! Er mußte sich zusammenreißen, um sich klarzumachen, daß es erst gestern gewesen war.

Die See war rauher geworden, und vom böigen Wind getrieben, wirbelte sie durch ein Kollier von Klippen, die alles zu vernichten drohten, was in ihre Nähe geriet.

Ein dumpfer Krach; als Bolitho sich nach der Fregatte umblickte, sah er einen dunklen Rauchschwaden, den eine Bö vor sich hertrieb.

»Das ist nur ein Versuchsschuß«, sagte Starkie, »die Fregatte segelt viel zu unruhig, um uns auf diese Entfernung zu treffen.«

Bolitho antwortete nicht und beobachtete, wie die mächtige Fock der Fregatte flatterte und stieß, als der Kapitän das Schiff durch den Wind gehen ließ. Es war noch nicht ganz auf dem anderen Bug, da hatten sich die Focksegel schon wieder gestrafft, und es krängte so stark, daß die Stückpforten auf der Leeseite die Wasseroberfläche schnitten.

»Sie kommt achterlich querab auf, Dick«, sagte Dancer.

»Ja. Sie will uns den Wind abschneiden.« Er starrte so angestrengt auf die Fregatte, daß ihm das Wasser schmerzhaft in die Augen schoß. »Aber das bedeutet, daß sie dichter als wir an der Küste sein wird, wenn wir die Landspitze passieren.«

Dancer starrte ihn an. »Können wir da wirklich durch?«

Starkie hatte das gehört und rief: »Nächstens werden Sie noch verlangen, daß wir auf dem Wasser wandeln wie der Herr Jesus!« Er faßte mit ins Steuerrad und half den Rudergasten, den Gegendruck zu verstärken. »Kurs halten, verdammt noch mal!«

Noch ein Krachen. Diesmal sah Bolitho den Schaum fedrig über die Wellenkämme sprühen: Die Kugel flippte achtern vorbei.

Ein Blick auf die Sechspfünder der *Sandpiper*. Sehr nützlich für einen raschen Überfall auf ein feindliches Kauffahrteischiff oder bei der Verfolgung von Piraten und Schmugglern.

Aber gegen eine Fregatte waren sie nutzlos.

»Schick noch einen guten Mann in den Ausguck, Martyn.« Er taumelte, als das Deck in einem plötzlichen Wellental ins Schüttern geriet. »Vielleicht kommt die *Gorgon* in Sicht.«

Aber von dem mächtigen Vierundsiebziger war weit und breit keine Spur zu sehen. Nur die Fregatte, die sie verfolgte, und auf der Gegenseite der Bucht tauchte eben die Insel auf.

Wie gestern lag sie bleich und seltsam still in der Morgensonne; nur schwer konnte man glauben, was alles dort passiert war. Starkie hatte vorhin berichtet, daß die Insel auch jetzt noch voller Sklaven war, arme Teufel, Männer und junge Mädchen, welche die Händler aus allen möglichen Gegenden Afrikas hingeschafft hatten. Und in absehbarer Zeit würden viele von ihnen auf dem Weg nach Amerika und Indien sein. Wenn sie Glück hatten, mochten sie dort ein halbwegs erträgliches Leben führen, nicht wie Gefangene, sondern eher wie abhängige Diener. Aber die weniger Glücklichen würden wie Tiere leben müssen. Wenn sie nichts mehr taugten, würde man sie einfach umkommen lassen.

Bolitho hatte gehört, daß man Sklavenschiffe, ähnlich wie die Rudergaleeren, schon von weitem an ihrem furchtbaren Gestank erkannte: der charakteristische Geruch, der entsteht, wenn viele Menschen auf engstem Raum zusammengepfercht sind und sich nicht bewegen, nicht sauberhalten können.

Bäng. Eine Kanonenkugel zischte über das Schiff

und fuhr durch das Vormarssegel wie eine eiserne Faust.

»Das war schon näher!« Starkie hatte die Daumen im Gürtel und ließ die Fregatte nicht aus den Augen. »Sie kommt jetzt schneller auf.«

»Deck ahoi! Brecher in Lee voraus!«

Starkie eilte zur Reling und griff nach einem Fernglas. »Aye, da sind sie. Die erste Reihe der Riffe.« Er wandte sich nach den Rudergasten um. »Luv an einen Strich!«

Das Rad knirschte, und die Oberbramsegel flappten protestierend.

»Süd zu Ost, Sir!«

»Recht so!«

Bolitho merkte an der schwieriger werdenden Fahrt und an dem wütenden Erzittern jeder Spiere und jedes Segels, daß sie jetzt in flacheres Wasser kamen und dabei eine starke Gegenströmung kreuzten.

»Wir sollten lieber Segel kürzen«, sagte Starkie. Bolitho blickte ihn an und sagte beschwörend: »Wenn wir das tun, erwischt er uns, bevor es für *ihn* gefährlich wird!«

»Wie Sie meinen«, erwiderte der Bootsmannsmaat ungerührt.

Da kam Eden den Niedergang hochgeklettert; ängstlich suchten seine Augen achtern nach dem Feind.

»Mr. Hope verlangt nach d-dir, Dick.« Er duckte

sich, als eine Kugel aus dem Buggeschütz der Fregatte dicht vorbeiflog und eine Fontäne hochjagte wie von einem blasenden Wal.

Bolitho nickte. »Ich gehe rauf. Rufen Sie mich, wenn sich was tut.«

Durch das Fernrohr beobachtete Starkie die vorderste Brecherlinie. Dadurch, daß er das Schiff eine Kleinigkeit hatte abfallen lassen, zeigte das Bugspriet mit seinem auf und ab schwankenden Klüverbaum fast genau auf die gefahrverkündende Brandung.

»Keine Sorge«, rief er über die Schulter, »Sie werden's schon merken.«

Unten tastete sich Bolitho zu der winzigen Kajüte hin. Mit unnatürlich glänzenden Augen lag Hope auf dem Rücken in der Koje. Bolitho beugte sich über ihn.

»Der Vierte ist krank, höre ich?« flüsterte Hope. Sein Gesicht war aschgrau. »Hol ihn der Teufel, warum hat er so spät eingegriffen?« Seine Gedanken schweiften ab; undeutlich murmelte er: »Meine Schulter! O Gott, sie werden mir den Arm abnehmen, wenn wir wieder auf dem Schiff sind.« Schmerz und Verzweiflung schienen ihn dann wieder zur Besinnung zu bringen. »Werden Sie's schaffen?«

Bolitho zwang sich ein Lächeln ab. »Wir haben einen guten Steuermann an Deck, Sir. Und Mr. Dancer und ich bemühen uns, wie alte Seeleute auszusehen.«

Die feuchte Luft in der Kajüte erzitterte von einem neuen dumpfen Krach, und Bolitho spürte, wie der Schiffsrumpf in allen Fugen bebte: Eine Kugel hatte längsseits ganz nahe eingeschlagen. Zu nahe.

»Sie können sich doch nicht mit einer Fregatte in ein Gefecht einlassen!« keuchte Hope.

»Wollen Sie, daß ich die Flagge streiche, Sir?«

»Nein!« Er schloß die Augen und stöhnte vor Schmerzen. »Ich weiß nicht. Ich weiß nur, daß ich an Deck sein müßte und Ihnen helfen – irgendwas tun. Statt dessen ...«

Bolitho konnte jetzt noch besser verstehen, wie verzweifelt der Leutnant war. Der Fünfte stand ihm näher als die anderen Offiziere. Hope hatte zwar immer so getan, als seien ihm die Midshipmen außerdienstlich ganz gleichgültig, und hatte sich sogar bemüht, äußerlich möglichst hart zu erscheinen; das streifte manchmal sogar die Grenze der Brutalität. Aber in dem ständigen Zusammensein hatte sich doch herausgestellt, daß seine unfreundliche Kritik manchmal notwendig und oft sogar wohltätig war, ganz im Sinne seines Lieblingsausspruchs: *»Dieses Schiff braucht Offiziere, keine Kinder.«*

Und nun lag er da, hilflos und gebrochen. Ruhig sagte Bolitho: »Ich komme mir Ihren Rat holen, sooft ich kann, Sir.«

Aus der blutbefleckten Koje streckte sich ihm eine Hand entgegen und faßte die seine. »Danke.« Hope konnte kaum noch richtig sehen. »Gott sei mit Ihnen.«

»Hallo da unten!« Das war Dancer. »Die Fregatte rennt ihre Steuerbordgeschütze aus!«

»Ich komme!« Bolitho rannte zur Kampanjeleiter. Er dachte an Hope und an all die anderen.

In der kurzen Zeit, die er unten gewesen war, hatte das Sonnenlicht das Meer erreicht und glitzerte nun auf allen Wogenkämmen.

Starkie rief ihm zu: »Der Wind hat um einen Strich gedreht. Hat nicht viel zu sagen. Aber die Fregatte kommt auf, schätze ich.« Er reichte Bolitho das Fernrohr. Die Fregatte segelte knapp eine Meile backbords achteraus. Sie hatte stark aufgebraßt, um möglichst viel Wind zu bekommen; ihre Steuerbordgeschütze drohten dicht über der schaumigen Wasserlinie wie eine Reihe schwarzer Zähne.

Ihre Kontur veränderte sich etwas, als sie einen Strich nach Luv drehte; das Sonnenlicht blitzte auf den Waffen und Fernrohren, und am Großmast wehte eine mächtige schwarze Flagge. Bolitho konnte sogar den Namen lesen, der auf der wettergebeizten Platte unter dem Schiffsschnabel stand: *Pegaso*. Als sie noch unter spanischer Flagge fuhr, hatte sie vermutlich so geheißen.

»Sie feuert!«

Die Stückpforten spuckten eine Reihe gelbroter Flammen aus, aber die Breitseite kam zu früh; sie peitschte die See weit hinter dem Heck der *Sand-*

piper; ein paar Kugeln fegten heulend über das Achterdeck dahin.

»Kursänderung, Mr. Starkie!« rief Bolitho. »Zwei Strich nach Luv, wenn Sie können.«

Starkie öffnete schon den Mund, um zu protestieren, aber er überlegte es sich anders. Seine Blicke hingen an einigen kaum überspülten Klippen, die an Steuerbord achteraus blieben. Die hatte die *Sandpiper* zwar vermieden; aber das bedeutete, daß sie jetzt mitten zwischen den Riffen waren. Wie eine Fliege im Spinnennetz.

»An die Brassen! Hol an!« Dancer sprang zu Hilfe. »Hievt, Jungs!«

Hoch über dem stampfenden Schiffsrumpf brummte und knarrte jede Want, jedes Segel, als der Bug langsam herumschwang und dann Richtung auf den nächsten Fetzen Land nahm.

Noch eine holprige Breitseite von der Fregatte; die Kugeln hüpften harmlos achtern übers Wasser, und ein Matrose ließ sogar ein schüchternes Hurra los – er begriff wohl nicht, in welcher Gefahr er sich befand.

Bolitho brüllte: »Hol mir den besten Geschützführer, schnell, Martyn! Schnell!«

»Südost zu Süd, Sir«, sang der Rudergänger aus. Er begriff jetzt überhaupt nichts mehr.

»Recht so.«

Starkie drehte sich kurz um und erblickte den grauhaarigen alten Seemann in geflickter Hose und kariertem Hemd, der nach achtern gerannt kam und grüßend die Fingerknöchel an die Stirn tupfte.

»Taylor, Sir.«

»Schön, Taylor; holen Sie sich Ihre zwei verläßlichsten Geschützbedienungen und bemannen Sie die beiden hintersten Sechspfünder an Steuerbord.«

Taylor blinzelte – war dieser Midshipman nun tatsächlich verrückt geworden? Schließlich befand sich der Feind doch an der anderen Seite!

Bolitho sprach rasch; er hatte nur die Fregatte und die Peilung der *Sandpiper* im Sinn, sonst war sein Hirn völlig leer. Er versuchte, sich an alles zu erinnern, was er gelernt hatte, was man ihm von seinem zwölften Lebensjahr an bis zum heutigen Tage eingeprügelt hatte. »Doppelte Ladung. Ich weiß, es ist ein Risiko. Aber wenn ich Feuerbefehl gebe, müssen Sie die Fregatte in den Bug treffen.«

Langsam nickte Taylor. Er fuhr mit seinem teerigen Daumen durch die Luft. »Aye, Sir. Versteh schon, was Sie vorhaben, Sir.« Er hoppelte hinweg, brüllte ein paar Namen und kontrollierte dabei schon die beiden achteren Sechspfünder.

Bolitho blickte Starkie in die Augen. »Ich will halsen und wieder raus aus den Riffen. Dann kommt die Fregatte bestimmt hinterher – sie hat den Wind unter ihren Rockschößen, sehr günstig für sie.« Grimmig nickte Starkie dazu. »Aber für ein paar Minuten haben wir sie vor unseren Kanonen. Sehr viel ist ja nicht mit den Dingern los, aber immerhin...«

Er lächelte, und das wurde ihm so schwer, daß ihm die Lippen dabei eiskalt wurden. »Und sie wird bestimmt nicht darauf gefaßt sein, daß wir zurückschießen. Nicht ausgerechnet jetzt.«

Starkie spähte voraus wie ein Wanderer, der seinen Weg sucht. »Ich glaube, ich weiß eine Durchfahrt. Nicht sehr breit.« Er wedelte mit der Hand zweifelnd durch die Luft. »Mit der Tiefe, das weiß ich nicht recht. Zwei Faden*, soweit ich es beurteilen kann.«

Dumpfe Geräusche an Steuerbord verrieten Bolitho, daß Taylor und seine Männer ihre Geschütze bald klarhaben mußten.

Plötzlicher Kanonendonner machte ihm begreiflich, daß die Fregatte immer noch entschlossen war, die *Sandpiper* lahm zu schießen und dann zu entern. Halblaut murmelte er: »Diesmal noch nicht, mein Freund.« Starkie ließ das Teleskop sinken, als die Kugeln der Fregatte über die Masten hinwegheulten und ein paar Taue und ein paar Blöcke an Deck schleuderten. Die *Sandpiper* ruckte heftig: sie hatte ihren ersten Treffer erhalten.

Starkie rief: »Klar zum Halsen, wenn Sie soweit sind!« Er wischte sich den strömenden Schweiß mit dem Unterarm von der Stirn.

»Fier auf die Brassen! Hol dicht!« Bolitho nickte

* 1 Faden = 1,829 m (Maß für die Wassertiefe, d. Übs.)

zu den beiden Geschützmannschaften hinüber. »*Ausrennen!*«

Er preßte die Hände hinter seinem Rücken zusammen, bis er ruhiger wurde. Dancer und ein paar Matrosen an den Pardunen und Heißleinen starrten ihn an, als wollten sie ihr Schicksal von seinem Gesicht ablesen.

Er hörte, wie der alte Geschützführer sagte: »Denkt dran, Jungs. Wenn wir halsen, kommen wir in Lee von diesem Miststück. Aber wenn das Schiff mit der Backbordseite hochgeht, habt ihr den richtigen Schußwinkel.«

Für kurze Zeit ließ der Wind etwas nach, und währenddessen erstarben die Geräusche der Wellen und der Segel. Mitten in Bolithos dahinrasende Gedanken drang ein anderer Laut: Unten in seiner Kajüte stöhnte Tergorren wie ein todwunder Stier. In ihrer verrückten, hoffnungslosen Situation kam ihm die »Unpäßlichkeit« des Leutnants vollends unwirklich vor.

Er riß sich zusammen und war wieder da. »Rund achtern! Fier auf!«

Die *Sandpiper* legte sich wie trunken nach Lee, ihr Bugspriet hob sich steil und fiel dann schmetternd in die kabbelige See, aber sie reagierte wieder auf Segel und Ruder. Doch sie machte dabei einen unbeschreiblichen Krach, so daß ein Einzelschuß des Buggeschützes der Fregatte fast in dem donnernden

Schlagen der Segel, dem protestierenden Kreischen der Taljen und dem Baßgebrumm der saitenstraff gespannten Takelung unterging. Die Männer holten die Brassen mit solcher Kraft an, daß ihre Körper fast parallel zum Deck lagen. Andere eilten ihren Kameraden an den Fallen und oben in den Masten zu Hilfe und rissen die quietschenden Rahen noch weiter herum, daß sich die Segel füllten und hart wie Panzer im Wind standen.

Bolitho versuchte, nicht nach den Riffen und auch nicht nach Starkie hinzusehen, der ein Stück die Wanten aufgeentert war, um die Passage durch die Brecher besser abschätzen zu können. Aus der von dem Zufallstreffer der *Pegaso* geschwächten Takelung fielen noch ein paar abgeschorene Enden an Deck und trafen Taylor, den alten Geschützführer, aber dessen eisenharte Schultern zuckten nicht einmal.

Weiter, immer weiter schwang die Brigg herum; Masten und Rahen knarrten laut, als sie auf den anderen Bug ging; in Lee schwemmte die schäumende See über das Schanzkleid, von dem aus man eben noch den Blick auf den Feind gehabt hatte.

Wumm! Eine Kugel schnitt durch die Wellenkämme und schlug wütend in den Schiffsrumpf. Schreckensschreie ertönten.

»An die Pumpen!« Bolitho hörte sich zwar Kommandos schreien, aber er kam sich wie ein Zuschauer vor, den das alles gar nichts anging. Eiskalt beobachtete er, wie der Gegner am Heck drehte – oder so sah es wenigstens durch die scharfe Kursänderung der *Sandpiper* aus.

»Jetzt!« Seine Stimme ging in dem allgemeinen Lärm unter, und er brüllte mit äußerster Lautstärke: »Ziel bekannt! Feuer!«

Eben schwang das Focksegel der *Pegaso* herum – ihr Kapitän mußte sich entschlossen haben, ebenfalls zu halsen und der Brigg zu folgen.

Bolitho wußte, daß Taylor hinter einem der beiden Geschütze kauerte, aber er konnte jetzt nicht hinsehen. Er hörte das Zischen der Lunte, und doch fuhr er vor Schreck zusammen, als das Geschütz krachend losging. Drüben schüttelte sich die Fock der *Pegaso*, und ein mächtiges Loch erschien wie durch Zauber in der Leinwand. Unter dem Andruck des Windes und der zusätzlichen Belastung durch die plötzliche Kursänderung riß das Segel nach allen Richtungen weiter ein und ging völlig in Fetzen.

»Sie halst immer noch, Sir!« brüllte Starkie.

Die Stimme des Ausgucks schnitt wie eine Säge durch Bolithos Gedanken: »Brecher an Backbord, Sir!«

Aber sein einziger Gedanke war: Das geht schief! Der Doppelschuß hatte zwar die Fock zerstört, aber einer Fregatte unter vollen Segeln machte das nichts aus. Waren beide Schiffe erst einmal klar von den Riffen (und komischerweise zweifelte er nicht im geringsten daran, daß Starkie das schaffen würde), konnte der Pirat sie ohne weiteres überholen und entern.

Taylor rannte zum zweiten Geschütz. Sein Gesicht war vor Konzentration ganz verzerrt. Auf die wütenden Zeichen seines teerigen Daumens hebelte hier ein Matrose seine Handspeiche, holte ein anderer ein Talje an.

Er kauerte sich hinter das Rohr, die Augen zu schmalen Schlitzen zusammengekniffen, und flüsterte heiser: »So ... Sachte! Na komm schon, meine Kleine!«

Die Lunte zündete, und mit knirschendem Krachen schleudert der Rückstoß das Geschütz innenbords; wie erstickender, dichter Nebel wirbelte der Pulverrauch ins Schiff. Gebannt starrte Bolitho hin. Es schien eine Ewigkeit zu dauern – in Wirklichkeit waren es nur Sekunden. Und dann, als der sorgfältig gezielte Schuß den Bug der Fregatte traf, rissen der straffgefüllte Klüver und das Stagsegel wie alte Lumpen von oben bis unten auseinander.

Die Wirkung zeigte sich im selben Augenblick. Es hatte die *Pegaso* mitten in der Halse erwischt; die Segel waren sowieso durcheinander, das Schiff rollte hilflos in einem tiefen Wellental, und als es dem Ruder wieder gehorchte, waren die Stückpforten unter Wasser.

Bolitho hörte Rufe in Lee, und als er mit staubtrockener Kehle hinrannte, sah er eine algenbewachsene Klippe an der Bordwand der *Sandpiper* entlanggleiten, nur einen oder zwei Meter entfernt. In diesen Sekundenbruchteilen erkannte er ganz deutlich die abgeschliffene Form des Felsens und sogar ein paar winzige schwarze Fische, die es trotz Wind und Strömung fertigbrachten, unbeweglich im Schutz des Riffes stehenzubleiben – dieses Riffes, das einem Schiff so schnell den Kiel herausreißen konnte, wie man von einer Orange einen Streifen Schale ablöst.

Er warf einen raschen Blick zu Dancer hinüber. Der war totenblaß und hatte die Augen weit aufgerissen; er lehnte sich weit über Bord, um die Fahrt des Gegners zu beobachten, und war vom Sprühwasser völlig durchweicht.

Die *Pegaso* schwankte wie von einer Gegenbö getroffen, und als sie sich wieder aufrichtete, knickte die Bramstenge des Hauptmastes ab und stürzte hinunter an Deck; zwischen den Wanten baumelte ein Gewirr von Takelage und Segelfetzen. Ungläubig schrie Starkie: »Sehen Sie das? Sie muß auf ein Riff gelaufen sein!« Er krächzte vor Aufregung und Erschütterung. »Voll aufgelaufen, bei Gott!«

Bolitho konnte die Augen nicht abwenden. Die Fregatte mußte genau in dem Moment, als sie beim Halsen die Kraft ihrer Vorsegel verloren hatte, auf die Klippe geknallt sein. Um diese paar Meter war es gegangen. Er konnte sich gut vorstellen, was jetzt da drüben für ein Durcheinander herrschte, wie die

Männer in den Schiffsraum schwärmten, um das Ausmaß der Havarie festzustellen.

Wenn der Schaden so groß war, daß ein Mast abknickte, dann mußte die Fregatte auch erheblich leckgeschlagen sein, dachte er. Und trotzdem kam sie noch weiter auf, er sah es, seine Augen schmerzten in den flirrenden Sonnenreflexen; da leckte aus dem Buggeschütz eine gelbrote Flammenzunge heraus, und er spürte, wie die Kugel hinter ihm vorbeiheulte und krachend ins Achterdeck schlug wie die Axt eines Riesen. Tauwerk und Splitter wirbelten über das ganze Deck. Er sah, wie drei Matrosen gegen das Schanzkleid geschmettert wurden; ihre Schreie verloren sich im Wind, und aus ihren zukkenden Leibern schoß das Blut an Deck und zeichnete unheimliche Muster auf die Planken.

Noch eine Kugel – sie schlug in flachem Winkel gegen die Rumpfbeplankung und prallte ab, auf die See hinaus; das Schiff bäumte sich wie ein Pferd, das seinen Reiter abwerfen will.

»Zu den Verwundeten!« brüllte Bolitho. »Mr. Eden soll sie unter Deck schaffen!«

Auf einmal mußte er an Edens Vater in seiner kleinen Offizin denken, wo er Gicht und Magenbeschwerden kurierte. Was der wohl gedacht hätte, wenn er jetzt sehen könnte, wie sein zwölfjähriger Sohn versuchte, einen stöhnenden Matrosen zur Kampanjeleiter zu zerren, wo jeder Fußbreit Wegs von Blut und Schmerzen gezeichnet war!

Verzweifelt sagte Dancer: »Die wollen uns entern!« Aber er zuckte nicht einmal, als eine Kanonenkugel übers Achterdeck flog und ein weiteres Loch in das schon ganz pockennarbige Segel riß. »Das haben wir von unserer ganzen Anstrengung!« schimpfte er.

Bolitho sah sich um. Der Kampfeswille, das Zielbewußtsein der Männer schwanden schnell dahin. Und wer konnte es ihnen verdenken? Die *Pegaso* hatte jede Bewegung der *Sandpiper* mitgemacht; sie hatte sich keineswegs überraschen lassen. Sie war aus dem Riffgürtel heraus, und schon sah er die Säbel und Messer in den Händen der Feinde blitzen, die von den Kanonen weg zur Reling rannten, bereit zum Entern. Ihm fiel ein, was Starkie über das Schicksal seiner Offiziere berichtet hatte: Folter und schließlich ein qualvolles Ende.

Er zog seinen Entersäbel und brüllte: »Alle Mann an Steuerbord!« Ungläubig, verzweifelt und stumpf starrten sie ihn an.

Er sprang in die Luvwanten und schwang seinen Entersäbel zur *Pegaso* hinüber. »Die sollen uns nicht ohne Kampf kriegen!«

Kleine Einzelzüge traten aus dem Gesamtbild heraus. Ein Mann der *Sandpiper* zog sein Messer und wetzte es an seinem hornigen Handballen, den Blick starr auf die Fregatte gerichtet. Einer kam von Backbord herüber und sah einem anderen in die Augen, wahrscheinlich sein bester, einziger Freund.

Kein Wort. Aber seine Miene sprach deutlicher als alle Worte. Eden stand am Niedergang, kalkig weiß im Gesicht, und schon trocknete eines Mannes Blut an seinem Hemd: Bald würde auch sein eigenes Blut dort fließen und gerinnen. Dancer. Wie Gold glänzte sein Haar in der Sonne, er schob das Kinn vor, nahm einen Entersäbel vom Deck hoch und stützte sich darauf. Mit der anderen Hand kniff er sich wie mit Klauen in den Oberschenkel, damit ihm der Schmerz die Angst vertreibe.

Ein Mann, der schon beim Entern der Brigg verwundet worden war, lehnte an einem Sechspfünder; sein Bein war dick verbunden, aber mit geschäftigen Händen lud er Pistolen und gab sie an die Kameraden weiter.

Ein Geheul wie von einer Hundemeute tönte von dem dichtbemannten Deck der *Pegaso* herüber, als sie weiter aufkam und die Schatten ihrer Masten und Rahen über das Wasser hin schon bis zur Brigg reichten, wie um sie einzufangen und zu verschlingen.

Bolitho blinzelte sich den Schweiß aus den Augen. Ungläubig starrte er auf die offenen Stückpforten der Fregatte. Dort zwängte sich doch ein Mann heraus? Und dann noch einer – sie klammerten sich beide an das schwarze Rohr, und auch aus den anderen Stückpforten krochen Männer wie Ratten aus der Gosse.

Starkie brüllte: »Die geben das Schiff auf, Sir!«

Er faßte ihn beim Arm und drehte ihn zu den Netzen hin. »Sehen Sie sich das bloß an!«

Wortlos stand Bolitho neben ihm. Immer mehr Männer sprangen aus den Stückpforten ins Meer und wurden weggewirbelt wie Holzspäne im Strudel einer Wassermühle.

Gauvin, der grimmige Kapitän der *Pegaso*, mußte Wachen an jedem Niedergang postiert haben; schon bei der irrsinnigen, aussichtslosen Verfolgung mußte er gewußt haben, daß das Leck im Rumpf seines Schiffes tödlich war.

Starkie beobachtete, wie sich der Bug der Fregatte unter dem Gewicht der einströmenden Wassermassen senkte und wie auf dem Oberdeck, als schließlich auch der letzte begriff, was los war, ein wahres Pandämonium ausbrach. »Hier, ziehen Sie Ihren Rock an!« sagte er zu Bolitho. Seine Stimme war vor Erregung ganz rauh. Er half ihm sogar beim Anziehen und zupfte den Kragen mit den weißen Belägen zurecht.

Er deutete zur *Pegaso* hinüber, die abzudrehen begann, weil die schwache Ruderkraft dem Druck des einströmenden Wassers nicht mehr gewachsen war.

»Er soll Sie sehen – und das ist hoffentlich noch eine Extrastrafe für seine Untaten!«

Bolitho starrte ihn verständnislos an, da fuhr er fort: »Er soll wissen, daß er von einem Midshipman geschlagen worden ist! Von einem *Knaben*!«

Bolitho wandte sich ab. Seine Ohren waren voll von den Geräuschen der Selbstvernichtung eines Schiffes, das unter vollen Segeln hilflos herumgeworfen wird. Er hörte, wie die Geschütze aus ihren Halterungen gerissen wurden und schmetternd in das Schanzkleid der anderen Seite schlugen; wie die Spieren an Deck stürzten und die kopflose Mannschaft unter Tauwerk und Leinwand begruben.

Verfremdet hörte er seine eigene Stimme: »Segel kürzen, Martyn. Laß ›Alle Mann‹ pfeifen!«

Er fühlte, wie die Matrosen ihm auf die Schulter klopften, sah sie ihm zulachen und zuwinken. Nicht wenige weinten.

»Deck ahoi!« Sie hatten den einsamen Mann im Masttopp ganz vergessen. »Segel steuerbord voraus, Sir.« Eine ganz kleine Pause, dann: »Das ist die *Gorgon*!«

Bolitho winkte »Verstanden« zum Ausguck hinauf und wandte sich wieder nach Luv, wo die Fregatte am Kentern war. Um sie herum war die See voller Treibgut und Trümmer und auf- und niedertauchenden Köpfen. Aber dort, wo die Sonne nicht hinschien, jenseits der Dünung, sah er eine plötzliche Bewegung im Wasser; die messerscharfen Rükkenflossen der Haie zogen schon ihre Kreise um das sinkende Schiff. Über eine Meile bis zur nächsten Küste. Sehr zweifelhaft, ob einer der Schwimmer sie erreichen würde.

Er hob das Fernrohr, um nach der *Gorgon* Ausschau zu halten; die Augen wurden ihm feucht, als er ihren plumpen, schwarzen, braun abgesetzten Rumpf erblickte und die turmhohe Segelpyramide die nächste Landspitze umrunden sah.

Noch eine Sekunde, dachte er, und er würde zusammenbrechen und seine Gefühle vor den Umstehenden nicht mehr verbergen können.

Da – eine Bullenstimme: »Was, zum Teufel, ist hier los?« Leutnant Tergorren tauchte mit halbem Leib aus der Niedergangsluke empor; mit seinem verquollenen, grauen Gesicht, den von Wein und Schlimmerem verklebten Haaren, sah er wie ein dem Grab entstiegener Leichnam aus.

Bolitho verspürte eine irrsinnige Erleichterung. Ihm war, als müsse er zugleich lachen und weinen; der wüste Anblick dieses Mannes, der sich während des ganzen Kampfes hilflos in seiner Koje gewälzt hatte, gab ihm den Rest.

Mit bebender Stimme antwortete er: »Ich bitte um Entschuldigung, daß wir Sie gestört haben, Sir.«

Tergorren starrte ihn an und versuchte, mit seinen wütenden, blutunterlaufenen Augen wenigstens nicht zu schielen.

»Gestört?«

»Aye, Sir. Aber wir hatten ein Seegefecht.«

Gelassen sagte Starkie: »Holt Mr. Eden. Ich fürchte, dem Leutnant wird wieder schlecht!«

IX Ehrlos

Kapitän Beves Conway stand am offenen Heckfenster und schützte seine Augen mit der Hand gegen die blitzenden, wild flimmernden Sonnenreflexe. Vor dem Fenster der Kapitänskajüte dümpelte die rückeroberte Brigg in der Dünung, ihre bräunlichen Segel bewegten sich kaum; träge stand sie über ihrem Spiegelbild im Wasser.

In den paar Stunden nach dem abenteuerlichen Durchbruch der *Sandpiper* durch das Riff und der Vernichtung der Fregatte war der Wind abgeflaut, bis er nur noch wie ein Hauch über das Wasser wehte und die schwere *Gorgon* ohne Fahrt in der Dünung lag.

Drüben am Horizont war die Küste gerade noch sichtbar. Wie ein fahlgelber Pinselstrich lag sie da und schien in der glühendheißen, wabernden Luft ständig ihre Form zu verändern. Einzelheiten waren nicht mehr zu unterscheiden.

Conway wandte sich langsam um und betrachtete eingehend die Männer, die am Schott beieinanderstanden.

Tergorren, massig, mit blutunterlaufenen Augen, schwankte im langsamen Rollen der Dünung; immer noch war sein Gesicht aschfarben. Die drei Midshipmen und der Steuermannsmaat Mr. Starkie standen etwas abseits.

Verling, der Erste Leutnant, war ebenfalls dabei; seine Nase drückte Mißbilligung aus, als der Kapitänssteward diesen Männern in ihren schmutzigen, zerrissenen Uniformen Madeira kredenzte.

Der Kapitän nahm ein wunderbar geschliffenes Glas von einem Tablett und hielt es in das einströmende Sonnenlicht.

»Ihre Gesundheit, meine Herren.« Er blickte einem nach dem anderen ins Gesicht. »Ich brauche nicht zu betonen, wie außerordentlich zufrieden ich bin, daß die *Sandpiper* wieder bei der Flotte ist.« Er wandte sich einen Augenblick ab und horchte auf die von der Brigg herüberklingenden Hammerschläge. Schiffszimmerleute reparierten dort die Schäden, die das Geschützfeuer der *Pegaso* angerichtet hatte. »Später werde ich sie mit Depeschen für den Admiral nach Gibraltar schicken.« Eine Sekunde lang blieb sein Blick auf Tergorren hängen. »Ein vor Anker liegendes Fahrzeug zu entern ist niemals leicht. Ein derartiges Unternehmen, in dessen weiterem Verlauf obendrein noch durch geschicktes und entschlossenes Handeln eine feindliche Fregatte vernichtet wurde, ist der besonderen Beachtung Ihrer Lordschaften wert.«

Tergorren starrte auf einen Punkt, der irgendwo über der linken Schulter des Kapitäns liegen mußte.

»Besten Dank, Sir.«

Die Augen des Kapitäns glitten zu den Midshipmen hinüber. »Dadurch, daß Sie das alles durchgestanden haben, sind Sie der Möglichkeit, Ihre Erfahrungen in der Praxis zu verwerten, ein gutes Stück nähergekommen – ein Vorteil nicht nur für Ihre Karriere, sondern für die Marine überhaupt.«

Bolitho warf einen raschen Blick auf Tergorren. Immer noch starrte der Leutnant an die Kajütendecke, und dabei sah er aus, als sei in Kürze wieder ein heftiger Anfall von Erbrechen fällig.

Im gleichen sachlichen Ton fuhr der Kapitän fort: »Bei Sonnenaufgang, als Sie in den Riffgürtel einfuhren, kreuzten wir etwas weiter südlich. Ganz zufällig stießen wir auf eine schwere Dhau *, die bis ans Schandeck mit schwarzem Elfenbein beladen war.«

»Sklaven, Sir?« rief Starkie erregt aus. Der Kapitän warf ihm einen kalten Blick zu. *»Sklaven.«* Er machte eine Geste mit seinem Glas. »Ich ließ das Fahrzeug entern, und es liegt jetzt hinter der nächsten Landzunge vor Anker.« Er lächelte dünn. »Die Sklaven habe ich zum Festland gebracht und dort abgesetzt – ob ich ihnen damit einen Gefallen getan habe, weiß ich allerdings nicht.« Das Lächeln war schon wieder weg.

* arabisches Fahrzeug mit Lateiner-Segel (d. Übers.).

»Wir haben viel Zeit versäumt und viele gute Männer verloren. Man bräuchte eine Armee, um die Insel zu belagern, und selbst dann wäre es zweifelhaft, ob ein Sturmangriff Erfolg hätte.«

Der Posten der Marine-Infanterie auf dem Gang meldete durch die geschlossene Tür: »Schiffsarzt, Sir!« Der Steward eilte zur Tür und ließ Doktor Laidlaw ein, der sich noch im Gehen die Hände sorgfältig an einem Tuch abwischte.

»Ja?« fragte der Kapitän ungehalten.

»Sie wünschten Bericht, Sir. Mr. Hope schläft. Ich habe die Kugel entfernt; und wenn er auch zeitlebens Beschwerden haben wird, braucht der Arm doch nicht abgenommen zu werden.«

Bolitho lächelte Dancer und Eden befreit zu. Jetzt erst war der ganze Alptraum vorbei, und selbst wenn Tergorren verschwieg, daß er an der Vernichtung der Piraten nicht beteiligt gewesen war, konnte das die Befriedigung nicht verderben, die Bolitho empfand. Aber Starkie starrte Tergorren haßerfüllt an.

Der Kapitän schloß seine Ansprache mit den Worten: »Bei Sonnenaufgang werden wir – vorausgesetzt, daß der Wind wieder auffrischt, was, wie mir Mr. Turnbull versichert, der Fall sein wird – Kontakt mit unserer neuen Prise aufnehmen. Ich beabsichtige, die *Sandpiper* bei Sonnenaufgang loszuschikken, damit sie die Dhau auf die Festung zujagt. Selbstverständlich wird die *Gorgon* die Aktion nach besten Kräften unterstützen.«

Bolitho trank seinen Madeira, ohne darauf zu achten, daß der Kapitänssteward mehrmals nachgeschenkt hatte. Auf seinen leeren Magen wirkte der Wein rasch – er fühlte sich ganz leicht im Kopf und wie angesäuselt.

Eines war ganz klar: Der Kapitän hatte nicht die Absicht, die Piraten auf der von ihnen besetzten Insel ungeschoren zu lassen. Mit der zurückeroberten *Sandpiper* hatten sich seine Möglichkeiten wesentlich erweitert, und die Wächter auf den Zinnen der Festung mußten genau gesehen haben, wie die Brigg ihr einziges größeres Schiff in die Riffe gelockt hatte.

»Verstanden?« bellte Verling.

Bolitho rief: »Sie werden denken, wir jagen eine Ladung Sklaven, und werden nur auf die *Sandpiper* feuern und sich um die Dhau gar nicht kümmern, nicht wahr, Sir?«

Der Kapitän warf ihm einen nachdenklichen Blick zu und wandte sich dann an Tergorren: »Und was denken Sie, Mr. Tergorren?«

Der Leutnant schien aus einem Traum zu erwachen. »Jawohl, Sir. Das heißt...«

»Sehr richtig«, nickte der Kapitän. Er trat ein paar Schritte zurück und sah sich die Brigg eine ganze Weile sehr eingehend an. Dann sprach er weiter. »Mr. Starkie wird sich auf sein Schiff begeben und sich bereithalten, den Offizier, welchem ich zwecks Beförderung der Depesche das Kommando der

Sandpiper übertrage, nach besten Kräften zu unterstützen.« Er wandte sich um und fuhr mit ernstem Blick auf Starkie fort: »Wäre ich der Ansicht, daß Sie an dem Verlust der *Sandpiper* irgendwelche Schuld tragen, sei es durch Nachlässigkeit oder durch Mangel an Mut, so ständen Sie, das versichere ich Ihnen, jetzt nicht hier, und Ihre Beförderungschancen wären gleich Null.« Er lächelte, aber das schien ihm so schwer zu fallen, daß er einen Moment lang wie ein alter Mann aussah. »Sie haben sich«, fuhr er fort, »jedoch im Gegenteil ausgezeichnet verhalten, Mr. Starkie. Ich wünschte, ich könnte Sie unter meinem Kommando behalten. Aber ich denke, wenn Sie mehr Autorität und Verantwortung bekommen, wird die Mühe, die Sie sich im Dienst geben, besser belohnt werden.«

Ein flüchtiges Nicken, dann: »Machen Sie weiter, meine Herren!« Sie waren entlassen. Etwas benommen gingen sie. Der Kapitän war bereits in ein Gespräch mit Verling und dem Schiffsarzt vertieft.

Bolitho schüttelte Starkies rauhe Hand und rief: »Ich freue mich für Sie! Ohne Ihre Geschicklichkeit, und wenn Sie nicht auf eine Idee eingegangen wären, die jeder andere für total verrückt gehalten hätte, ständen wir nicht hier!«

Starkie blickte ihm lange und forschend ins Gesicht, als suche er dort die Erklärung für etwas, das er nicht verstand.

»Und wenn *Sie* nicht wären, dann läge ich noch in

Eisen und wartete auf meinen Tod.« Er wandte sich um. Eben kam Tergorren auf dem Weg zur Offiziersmesse den Niedergang herab. Starkies Augen wurden bitter. »Ich wollte schon meine Meinung sagen. Aber da Sie schwiegen, dachte ich, es ist besser, wenn ich den Mund halte. Er ist ein ehrloser Mensch.«

»Es ist n-nicht recht, Dick«, stotterte Eden. »Er s-steckt alle Anerkennung ein.« Ihm kamen fast die Tränen vor Empörung. »Steht einfach d-da und l-läßt sich l-loben!«

Dancer lächelte. »Ich glaube, der Kapitän weiß mehr, als er sagen will. Ich habe ihn genau beobachtet. Er denkt, so ist der Sieg mehr wert, als wenn er mit Neid und Schande befleckt wird.« Er grinste Eden verschmitzt an. »Und mit übereifrigen Midshipmen, die ihre Vorgesetzten vergiften.«

Bolitho nickte. »Ganz meine Meinung. Aber jetzt wollen wir essen gehen. Mir ist alles recht – sogar eine Schiffsratte.«

Sie wandten sich zum Niedergang und standen starr. Eine Gestalt in schlechtsitzender Leutnantsuniform versperrte ihnen den Weg.

»Nichts zu tun, was?« fragte der Mann. »Midshipmen sind auch nicht mehr das, was sie zu meiner Zeit waren.«

Sie drängten sich um ihn, und Bolitho rief: »John Grenfell! Wir dachten, du bist tot!«

Grenfell ergriff seine Hand, aber sein Gesicht war

grimmig ernst. »Als die *Athen* unterging, kriegten ein paar von uns irgendwelche treibenden Spieren zu fassen. Wir machten daraus ein kleines Floß – wir wußten ja überhaupt nicht, was los war.« Er schlug die Augen nieder. »Die meisten kamen um – die Glück hatten, im Kanonenfeuer, und die anderen holten sich die Haie. Der Dritte Leutnant und – ach, so viele vertraute Gesichter. Vor unseren Augen wurden sie in Fetzen gerissen.« Er schüttelte sich, als wolle er die schreckliche Erinnerung abwerfen. »Aber wir trieben an Land, und als wir die Küste entlanggingen, hielt die *Gorgon* in Lebensgröße aufs Land zu; außerdem kam Dewar mit seinen Bullen und einer Dhau voller kreischender Sklaven, mit einer arabischen Mannschaft und zwei portugiesischen Händlern, die so verschreckt waren, daß sie glaubten, ihre letzte Stunde sei gekommen.« Er zupfte an seinem geliehenen Uniformrock. »So mache ich also Dienst als Sechster Leutnant ohne Patent. Wird mir nichts schaden, wenn ich zum Examen dran bin.« Er schaute in die Ferne. »Aber für diese Chance habe ich einen Preis bezahlt, den ich liebend gern zurücknehmen würde, wenn das möglich wäre.«

»Immerhin lebst du und bist in Sicherheit«, sagte Bolitho leise.

Starkie gähnte. »Ich könnte ein Jahr lang schlafen.« Und mit einem lächelnden Blick auf Grenfell fügte er noch hinzu: »Sir.«

Grenfell kam bis zum Niedergang mit. »Am besten schlaft ihr alle eine Weile. Ich habe das Gefühl, morgen wird es ziemlich heiß werden – in mehr als einer Hinsicht.«

Mr. Turnbulls Wetterkenntnis hatte ihn nicht verlassen. Schon nach der Hundewache* kam ein Wind auf, der die Segel füllte, und beide Schiffe hatten wieder Fahrt. Eine Stunde später wehte ein frischer Nord, und als die Männer aus dem brutheißen, nach Schweiß stinkenden Schiffsraum kamen und auf dem Achterdeck antraten, fanden sie die Luft so erfrischend wie ein Tonikum.

Die Leutnants und die Offiziere der Marine-Infanterie standen an der Treppe zur Kampanje und blickten gespannt auf den Kapitän, der sich mit Verling und dem Segelmeister beriet.

Deckoffiziere liefen die Reihen der angetretenen Mannschaften entlang, hakten ihre Musterrollen ab und riefen Namen auf. Vom unteren Batteriedeck her vernahm Bolitho das Kreischen des Schleifsteins, an dem die Geschützführer die Entermesser und -beile schärften. Wie jedesmal erschauerte Bolitho bei dem bloßen Geräusch.

Ein Ruf vom Ausguck: »Deck ahoi! Fahrzeug vor Anker Backbord voraus!«

* die unbeliebteste Wache, von Mitternacht bis vier Uhr früh (d. Übers.).

Dancer hatte zu den Segeln der *Sandpiper* hinübergeblickt. Gelblichweiß standen sie vor dem zunehmenden Licht; von Schußlöchern und Flicken war jetzt nichts zu sehen.

Dallas, der Zweite, hatte die Brigg für den Angriff übernommen. Ein Mann, von dem Bolitho so gut wie nichts wußte. Während seiner ganzen bisherigen Zeit an Bord hatte er allenfalls ein paar Kommandos von ihm vernommen. Aber sicher hatte der Kapitän Vertrauen zu Leutnant Dallas; sonst hätte er ihn nicht ausgesucht. Außerdem zeigte es, daß er mit Tergorrens Mitwirkung an der *Sandpiper*-Aktion nicht besonders zufrieden war.

Als Bolitho sich von Starkie verabschiedete, der zur Brigg hinübergerudert wurde, hatte der Steuermannsmaat mit verständnisinnigem Grinsen nach achtern geblickt, wo der Kapitän gemessenen Schrittes auf und ab ging.

»So wird man Fregattenkapitän*, junger Freund – man muß eben seine Leute kennen!«

Sie rannten den Decksgang hinunter. Verling wartete schon bei den Leenetzen und klopfte ungeduldig mit einem Fuß auf die Decksplanken.

»Drei Midshipmen werden für die Aktion benötigt.« Er runzelte die Stirn, als Marrack zum Sprechen ansetzte. »Nein – Sie nicht. Sie werden für die

* Qualifikation zum Führen eines Kriegsschiffes mit 20 oder mehr Geschützen (d. Übers.).

Signalgruppe gebraucht.« Seine kalten Augen blieben auf Bolitho haften. »Und Sie – Sie sind eben erst von einer Aktion zurück an Bord; Sie kann ich nicht einteilen.« Er wandte sich dem immer so mürrisch blickenden Midshipman vom unteren Batteriedeck zu. »Mr. Pearce und ...«

Bolitho warf Dancer einen raschen Blick zu – der nickte ganz kurz. »Mr. Dancer und ich möchten uns freiwillig melden, Sir«, rief er dazwischen. »Wir waren sehr dicht an der Insel. Das könnte von Nutzen sein.«

Verling lächelte frostig. »Jetzt, da Mr. Grenfell seinen Fuß auf die unterste Stufe der Promotionsleiter gesetzt hat, sind Sie drei, abgesehen von Mr. Marrack, die Dienstältesten. Da werde ich Ihnen wohl gestatten müssen, mitzumachen.«

Kühn trat Eden aus der Reihe der Midshipmen. »S-sir! Ich melde mich ebenfalls f-freiwillig!«

Verling musterte ihn von oben bis unten. »Stottern Sie mich gefälligst nicht an, Sie Würstchen! Treten Sie zurück ins Glied, und halten Sie den Mund!«

Geschlagen, bevor er überhaupt angetreten war, schlich sich Eden in die Reihe zurück.

Verling, anscheinend befriedigt, nickte. »Sowie wir beigedreht haben, werden die Boote ausgesetzt. Alle Seesoldaten und sechzig Matrosen gehen an Bord dieser schwimmenden Hölle da drüben.«

Dancer flüsterte: »Der Kapitän setzt jeden Mann ein, den er entbehren kann.«

»Mr. Dancer!« knurrte Verling. »Fünf Tage Extradienst nach Rückkehr – wenn Sie's erleben. Halten Sie gefälligst den Mund!«

Der Kapitän kam herbeigeschlendert, lässig wie bei einem Spaziergang an Land. »Alles klar, Mr. Verling?«

»Aye, Sir.«

Der Kapitän blickte flüchtig auf die drei Midshipmen, die noch vorgetreten dastanden. »Nehmen Sie sich zusammen«, sagte er. Dann, mit einem Blick auf den Ersten: »Mr. Verling hat den Oberbefehl; er erwartet das Äußerste von Ihnen – und ich auch.« Er beugte sich etwas vor und hielt nach dem kleinen Eden Ausschau. »Sie, äh, Mr., äh, werden vielleicht von Nutzen sein, wenn Sie dem Schiffsarzt mit Ihren neuentdeckten und, äh, überraschenden Kenntnissen assistieren.«

Weder bei ihm noch bei Verling war auch nur die Andeutung eines Lächelns zu sehen.

Als die Übernahme von Männern und Waffen beendet war, brach schon die Nacht an.

Bereits in einiger Entfernung von der großen Dhau roch Bolitho den Gestank der Sklaverei. Aber als die Matrosen und Seesoldaten an Bord waren und in den Schiffsraum hinabkletterten, sich vor den grob gehauenen Decksbalken bückten und zwischen allerlei Unrat und zerschlagenen Handfesseln herumstolperten, warf er sie fast um.

Major Dewar hatte seine Unteroffiziere in gleichmäßigen Abständen längsseits postiert, um die Mannschaften durch Zurufe und Stöße an ihre richtigen Plätze zu dirigieren, wo sie bis zum eigentlichen Angriff zu bleiben hatten. Ganz gut, dachte Bolitho, daß Eden nicht mitgekommen war. Bei diesem Gestank und dieser Enge hätte er sich bestimmt während der ganzen Fahrt übergeben.

Mehrere Drehgeschütze wurden aus dem Kutter an Bord gehievt und am Schanzkleid unter dem hohen Heckaufbau festgemacht. Ein wenig roch es auch nach Rum. Vermutlich hatte es der Kapitän für zweckmäßig gehalten, den Männern vor dem Angriff eine Erfrischung zu bewilligen.

Bolitho und die beiden anderen Midshipmen meldeten auf dem Achterdeck, daß sich alle Matrosen und Seesoldaten unter Deck befanden, zusammengepreßt wie Schweinefleisch im Faß.

Die Marine-Infanteristen in ihren dunkelroten Röcken waren im Schiffsraum kaum zu erkennen; nur die Koppel und die gekreuzten Schulterriemen leuchteten weiß im Halbdunkel.

Hoggett, der Bootsmann der *Gorgon* (sein Spitzname war »Lederlunge«), hatte Segel und Ruder der Dhau unter sich. Bolitho hörte einen Matrosen gehässig murmeln: »Der Saukerl würde sich auf so 'nem verdammten Sklavenschiff richtig zu Hause fühlen!« Verling kommandierte: »Anker auf und Fahrt aufnehmen, Mr. Hoggett! Vielleicht treibt der Wind den Gestank aus dem Schiff.«

Eine schattenhafte Gestalt erschien auf dem Achterdeck. Verling wandte sich um: »Alles klar, Mr. Tergorren?«

»Der kommt also auch mit, hol ihn der Teufel!« brummte Dancer.

»Anker ist auf, Sir!«

Die Dhau hatte weder Ruderpinne noch Rad; zwei Mann steuerten sie vom Heck aus mit einem langen Handruder. Knarrend und quietschend stiegen die seltsam geformten Lateiner-Segel am Mast empor, und die Männer fluchten, weil sie mit der ungewohnten und für ihre Begriffe primitiven Takelage nicht klarkamen. Verling hatte einen kleinen Bootskompaß mit, den er jetzt dem Bootsmann übergab.

»Wir werden uns Zeit lassen«, sagte er. »Bleiben Sie klar von der Küste. Ich möchte lieber vermeiden, daß unsere Aktion so endet, wie die Fregatte geendet hat – eh, Mr. Tergorren? Das muß ja ein ziemlich unangenehmer Moment gewesen sein.«

Und Tergorren antwortete mit einer Stimme, als habe er einen Kloß im Mund: »Jawohl, Sir, das war es.«

Verling ließ die Sache auf sich beruhen. »Mr. Pearce«, befahl er, »geben Sie der *Gorgon* Lichtsignal!«

Kurz öffnete Pearce den Schieber der Signallaterne, und Bolitho sah das Licht blinken. Jetzt wußte Kapitän Conway, daß sie unterwegs waren. Vor dem Reflex des Laternenlichts auf dem Kompaß hob sich

Verlings Adlerprofil ab – plötzlich war Bolitho froh, daß der Erste das Kommando hatte.

Was würde wohl Tergorren zu ihm sagen, wenn sie wieder miteinander sprachen? Ob er wohl weiter so tat, als sei die Vernichtung der *Pegaso* sein Verdienst, oder ob er zugab, daß...

Verlings Stimme zerriß seine Gedanken. »Wenn Sie nichts zu tun haben, Mr. Bolitho, dann schlage ich vor, Sie schlafen bis auf weiteren Befehl. Andernfalls finde ich schon reichlich Beschäftigung für Sie, selbst auf dieser Badewanne von einem Schiff!«

Im Schutz der Dunkelkeit grinste Bolitho bis an die Ohren.

»Aye, aye, Sir! Danke, Sir!«

Er lehnte sich an eine altertümliche Bronzekanone und stützte das Kinn auf die Knie. Dancer hockte sich neben ihn, und miteinander starrten sie zu den winzigen bleichen Sternen empor, vor denen die mächtigen Segel der Dhau wie Vogelschwingen standen.

»Also auf ein Neues, Martyn.«

Dancer seufzte. »Hauptsache, wir sind zusammen.«

X Ein Name, den man sich merkt

»Der Wind hat noch einen Strich gedreht, Sir!«

Die grobe Stimme des Bootsmanns veranlaßte Bolitho, Dancer mit einem Rippenstoß zu wecken. Verling und Tergorren beugten sich über den Kompaß. Oben am Mast flatterte der zerfetzte Wimpel in der aufkommenden Bö. Der Himmel wurde schon bleicher; mühsam, mit schmerzenden, verkrampften Muskeln rappelte Bolitho sich hoch.

»Auf alle Fälle sind wir klar vom Festland«, lautete Verlings gleichmütiger Kommentar. Schwarz hob sich sein ausgestreckter Arm vom dämmrigen Himmel ab. »Da! Ich sehe Brandung unterhalb der Landspitze!« Der Arm schoß herum. »Midshipmen unter Deck, die Mannschaften wecken! Meine Hochachtung an Major Dewar, und bestellen Sie ihm, wir segeln hart unter der Küste. Ich will keinen Seesoldaten oder Matrosen an Deck sehen, außer auf meinen ausdrücklichen Befehl!«

Eine Talje quietschte, und Bolitho sah, wie eine große Flagge am vordersten Lateiner-Segel hinaufstieg. Bei Tageslicht hätte Bolitho erkennen können, daß sie schwarz war, ebenso wie die, welche auf der *Pegaso* geweht hatte. Trotz seiner Spannung überfiel ihn ein Frösteln.

»Los, Martyn! Beeil dich!« Er rülpste vor unterdrücktem Brechreiz und bedeckte Mund und Nase mit dem Ärmel, als er in den geräumigen Schiffsraum hinabkletterte. Im düsteren Schein einer einsamen Laterne sahen die zusammengepferchten Matrosen und Seesoldaten auch nicht viel anders aus als eine Ladung Sklaven. Eiskalt lief es ihm den Rücken hinunter: Wenn diese Aktion schiefging, würde es den Überlebenden nicht besser ergehen als den Sklaven, die Kapitän Conway freigelassen hatte. Zwar rekrutierte Raïs Haddam, der Korsar, zahlreiche weiße Söldner für seine Schiffe, aber er hielt nicht viel von ihnen. Wenn auch nur die Hälfte von dem stimmte, was man sich von ihm erzählte, war es mehr als wahrscheinlich, daß er sich an den britischen Matrosen, die ihm als Gefangene in die Hände fielen, für die freigelassenen Sklaven schadlos halten würde.

Dewar grunzte, als er die Meldung entgegennahm. »Wird auch Zeit. Mir tun alle Knochen so weh wie einer kranken Kuh.«

Dancer hustete. »Bin ganz schön froh, daß wir an Deck waren, Sir.«

Die Seesoldaten wechselten belustigte Blicke, und Dewar sagte: »Verwöhnte junge Teufel! Mich stört nur die Unbequemlichkeit. Der Gestank ist auch nicht schlimmer als auf einem Schlachtfeld.« Er grinste in Dancers grünlich-bleiches Gesicht. »So nach ein paar Tagen, wenn die Krähen schon fleißig an der Arbeit waren – eh?«

Er erhob sich und stand gebückt unter den Decksbalken. »Marine-Infanterie – Achtung! Sergeant Halse – Waffeninspektion!«

Bolitho stieg an Deck. Zu seiner Überraschung war es bereits so hell, daß er voraus die Küste sehen konnte und den tanzenden Schaum zwischen ein paar bösartigen Klippen.

»Eine Leeküste«, murmelte Dancer. »Wenn der Erste auch nur eine Stunde länger gebraucht hätte, wäre es verdammt schwierig, da klarzukommen.«

»Sir! Da steht einer an der Landspitze!«

Verling hob das Fernrohr ans Auge. »Ja. Aber jetzt ist er wieder außer Sicht. Wahrscheinlich ein Ausguckposten. Er kann zwar nicht auf die Insel hinüber, aber vielleicht hat der Korsar eine Art von Signalsystem eingerichtet«, murmelte er nachdenklich.

Die mächtigen Segel flappten laut im Wind, und die primitive Takelung sah aus, als wolle sie jeden Moment in Stücke gehen. Aber sie mußte wohl doch stärker sein, als es den Anschein hatte. Hoggett gab den Rudergasten eine kurze Anweisung, und Bolitho staunte, wie elegant die Dhau nach Steuerbord abfiel und dicht an den gefährlich nahen Klippen vorbeiglitt – in knappen zwanzig Fuß Abstand. Die Dhau segelte sich tatsächlich gut. Kein Wunder, dachte er mit einem flüchtigen Lächeln; arabische Seeleute fuhren diesen Schiffstyp schon seit Hunderten von Jahren, lange bevor man von solchen Schiffen wie der *Gorgon* auch nur zu träumen wagte.

»Da ist die Festung«, sagte Pearce und verzog das Gesicht. »Mein Gott, von dieser Seite sieht sie um einiges größer aus!«

Aber noch lag die Dunkelheit wie ein Tuch über ihr; nur der obere Turm und die Zinnen bekamen das erste schwache Licht.

Ein Kanonenschuß – eine Sekunde lang glaubte Bolitho, die Männer in der Festung hätten Kapitän Conways List durchschaut und nähmen die Dhau unter Feuer.

Er duckte sich, als die Kugel hoch oben vorüberrauschte und in einem Fächer aus schäumendem Wasser zwischen den Klippen verschwand.

»Das war die *Sandpiper*, Sir! *Sie* hat auf uns gefeuert!« Aufgeregt deutete ein Matrose nach Backbord und stieß dabei Verling beinahe in die Rippen.

Verling setzte das Glas ab und musterte den Mann kalt von oben bis unten. »Danke sehr. Ich habe nicht angenommen, daß es der liebe Gott persönlich war.«

Ein zweiter Schuß krachte, und diesmal schlug die Kugel kurz vor dem Bug der Dhau ein, genau auf Kurs.

Verling lächelte säuerlich. »Lassen Sie etwas abfallen, Mr. Hoggett! Ich weiß, daß Mr. Dallas einen ausgezeichneten Geschützführer auf der *Sandpiper* hat; aber wir wollen doch lieber nicht zuviel riskieren.«

Der Mann am Ruder hielt etwas schärfer auf die Insel zu, und die Dhau legte sich hart über.

»Das, äh, Heckgeschütz – Feuer frei!«

Verling ging etwas beiseite, als einige Matrosen, die sich an der alten Bronzekanone zu schaffen gemacht hatten, die Lunte in das trichterförmige Zündloch stießen und dann rasch wegsprangen. Das alte Bronzerohr war ziemlich ausgeleiert, aber der Schuß krachte unerwartet laut.

»Das reicht«, sagte Verling. »Beim nächsten Schuß zerplatzt das Ding und fliegt uns um die Ohren, fürchte ich.«

Jetzt erst sah Bolitho die Brigg. Hart gebraßt, krängte sie mächtig, und im Frühlicht türmten sich ihre Segel zu einer einzigen bleichen Pyramide auf.

Wieder blitzte ein Geschütz, und Bolitho zuckte zusammen, als die Kugel dicht an ihrer Wasserlinie aufschlug und die Matrosen wie die unters Schanzkleid geduckten Seesoldaten mit Spritzwasser durchweichte.

Ärgerlich sagte Verling: »Mr. Dallas will es zu gut machen. Noch ein paar solche Dinger, und er kann was erleben! Später natürlich – wenn wir zurück sind«, sagte er mit einem leichten Lächeln zum Bootsmann.

Dancer spähte übers Schanzkleid und raunte Bolitho zu: »Der Erste hat Angst. Ich habe noch nie erlebt, daß er einen Scherz macht.«

»Horcht mal!« Verling hob die Hand. »Eine Trompete! Jetzt haben wir sie endlich wachgekriegt.» Er wurde ernst. »Teilen Sie die Leute ein, Mr. Tergorren. Sie wissen ja Bescheid. Weiter östlich ist so eine Art Mole, direkt unterhalb der Festung. Da sollen die Händler ihre Sklaven ausladen, heißt es, und von dort werden sie mit Booten auf die seegehenden Schiffe gebracht.«

Er legte seinen Hut aufs Deck und musterte die Umstehenden mit raschen Blicken.

»Legt alles ab, was nach Uniform aussieht, und laßt euch überhaupt so wenig wie möglich sehen. Befehl an die Marine-Infanterie: Unten bleiben und Angriffssignal abwarten – *ganz egal, was passiert!«*

Die Brigg holte schnell auf; mehrere ihrer agilen Sechspfünder feuerten, und hier und da spritzte eine Kugel gefährlich dicht bei der Dhau ins Wasser.

Jetzt erschütterte ein mächtiges Krachen die Luft, und Sekunden später sah Bolitho, wie eine Fontäne dicht am Bugspriet der *Sandpiper* zum Himmel aufschoß.

Die Segel der Brigg flappten, als Leutnant Dallas noch dichter heranging und dabei die Flagge an der Gaffel hissen ließ, um den Feind noch mehr zu reizen.

Sofort blitzte es an mehreren Stellen hinter der

Brustwehr der alten Festung auf. Aber die Schüsse waren ungenau; die spritzenden Einschläge, ebenso heftig wie der erste, lagen weit ab von der Brigg.

Wahrscheinlich, dachte Bolitho, waren die Geschützbedienungen noch halb im Schlaf, oder sie konnten nicht glauben, daß sich so ein zierliches Schiffchen, das außerdem erst vor wenigen Tagen im Bereich eben dieser Kanonen geentert worden war, noch näher herantrauen würde.

Er biß sich auf die Lippen, als eine schwere Kugel genau zwischen den beiden Masten der Brigg hindurchflog. Es war ein Wunder, daß kein Mast getroffen wurde, jedoch mehrere Enden gerissener Takelung wehten im Wind wie Lianen im Urwald.

Dicht an seinem Ohr vernahm er Verlings Stimme: »Glotzen Sie nicht dauernd auf die *Sandpiper*! Richten Sie Ihre Augen und Ihre Gedanken nach vorn! Vielleicht irren wir uns mit der Einfahrt. Vielleicht ist Mr. Starkies Gedächtnis doch nicht so zuverlässig.«

Bolitho warf einen verstohlenen Blick auf Verling. Jetzt, da der Leutnant seinen Hut nicht aufhatte, der normalerweise als Gegengewicht zu seiner Nase wirkte, glich diese mehr denn je einem Geierschnabel. Und noch etwas fiel ihm auf: Verlings Gesicht trug den Ausdruck äußerster Konzentration und Entschlossenheit – aber es war auch das Gesicht eines Mannes, dem jetzt alles gleichgültig geworden war.

Bolitho blickte weg. Er hatte diesen Ausdruck schon einmal gesehen – auf dem Gesicht eines Straßenräubers, der auf dem Schinderkarren zum Galgen gefahren wurde.

Behutsam tastete sich das Sonnenlicht über das Land und spielte auf den Festungsmauern. Hinter den verwitterten Zinnen sah man ein paar spähende Köpfe, und dann erblickte Bolitho am Fuß der entfernteren Mauer so etwas wie einen Flaggenmast.

Verling hatte ihn bereits gesehen. »Die Einfahrt.« Er drehte sich zu Hoggett um. »Das da drinnen muß ein Mast sein. Da liegt schon ein Schiff. Auch eine Dhau, höchstwahrscheinlich.« Er wischte sich mit dem Ärmel den Schweiß von seinem hageren Gesicht. »Halten Sie darauf zu.«

Tergorren eilte nach achtern; nur unter Schwierigkeiten konnte er seinen massigen Körper hinter einem Haufen Reservesegel und Fischereigerät verbergen, die überall auf dem schmutzigen Deck herumlagen.

»Alles klar, Sir.«

Bolitho blickte ihn fest an; Tergorren zuckte mit keiner Wimper. Trotz? Mißachtung? Es war schwer, im Antlitz dieses Mannes eine Gemütsbewegung zu entziffern. Sogar seine gesunde Gesichtsfarbe kehrte langsam wieder, und Bolitho fragte sich, was wohl passieren würde, wenn Tergorren vor dem Angriff Zeit fand, etwas zu trinken.

»Die *Sandpiper* geht über Stag, Sir. Anscheinend will sie nochmals feuern.«

Bolitho hielt den Atem an, als zwei Kugeln zu beiden Seiten des schlanken Rumpfes der Brigg einschlugen, während sie mit gefierten Rahen durch den Wind ging, um die Dhau abzufangen. Die Geschütze auf den Mauern erglänzten im ersten Sonnenschein, und Bolitho stellte sich vor, wie die Festungsbesatzung sich über die Brigg lustig machte. Sie mochte ja ein kleines Schiff sein, aber jetzt, der Gewalt der Piraten entrissen, war sie eine schwer zu schluckende Herausforderung. Und außerdem war sie trotz allem ein Symbol für die Macht der größten Flotte der Welt. Doch der starken Festungsartillerie gegenüber war sie so hilflos wie ein lahmes Pferd.

»Männer auf dem Landungssteg, Sir«, meldete Pearce, der im Bug neben dem Drehgeschütz kniete. »Sie beobachten uns.«

Hoggetts verwittertes Gesicht wurde auf einmal ganz hart. Die nächsten Minuten waren entscheidend, dachte Bolitho. Merkten die Piraten, was gespielt wurde, so hatte man sehr bald das Artilleriefeuer der Festung um die Ohren. Und ein paar Sekunden später lag die Insel zwischen ihnen und dem offenen Meer, dann konnten sie nicht mehr weg. Laut rumpelten ihm die Eingeweide im Leib, und er warf Dancer einen raschen Blick zu. Sein Freund atmete sehr heftig und fuhr erschrocken auf, als Bolitho ihn bei der Schulter faßte und an Deck niederzog.

Bolitho versuchte zu lächeln. »Wenn die dein blondes Haar sehen, dann wissen sie, daß wir wahrscheinlich nicht als Freunde kommen!«

Er wandte sich um, als Verling knurrte: »Gut, daß Sie das sagen. Daran hätte ich selbst denken sollen.« Aber dann blickte er wieder voraus; seine Gedanken waren schon viel weiter als die Dhau.

Wieder donnerten die Geschütze, aber es klang gedämpfter, denn die Brigg war jetzt durch einen Vorsprung der Festungsmauern verdeckt.

Näher, immer näher. Über der Stelle, wo Bolitho lag, tauchte die Turmspitze auf, und er versuchte mühsam, sich die trockenen Lippen zu lecken. Kannte der Feind die Dhau? War sie schon einmal hiergewesen?

Er blickte Verling an, der mit untergeschlagenen Armen neben den beiden Rudergängern stand. Einer von diesen war ein Neger; es gab mehrere Neger unter den Matrosen der *Gorgon*. Dadurch würde die kleine Gruppe echter wirken, dachte Bolitho; und Verling – jeder Zoll ein Sklaventreiber, das konnte man wahrhaftig sagen. »Laß fallen Großsegel!« kommandierte er.

Die Masse von geflickter Leinwand und Lederschlingen rauschte zu Boden und versank im Schiffsraum, und auf einmal lag das Deck in der hellen Sonne.

Am Kopf der Mole standen ein Dutzend Männer oder noch mehr. Regungslos sahen sie zu, wie die Dhau den brüchigen Steindamm umrundete. Jenseits der Mole befand sich ein hoher, grottenartiger Felseinschnitt, direkt unterhalb der Festungsmauer.

Dort lagen mehrere Schiffe vor Anker; und das größte, eine der ihrigen sehr ähnliche Dhau, lag noch außerhalb, denn ihre Masten waren zu hoch für die Einfahrt gewesen.

Dreißig Fuß. Noch zwanzig. Dann stieß einer der Männer auf der Mole einen Ruf aus, ein anderer kam die Stufen hinuntergerannt und spähte mißtrauisch in das Innere der Dhau.

Gepreßt rief Verling: »Anlegen! Sie haben uns erkannt!« Damit riß er seinen Degen aus der Scheide und sprang mit seinen langen Beinen vom Heckaufbau hinunter auf die Mole, noch ehe Hoggett und seine Leute das lange Ruder herumdrücken konnten.

Jetzt schien alles auf einmal zu geschehen. An Bug und Schanzkleid flogen die Persennige von den Drehgeschützen, und eine Salve fuhr krachend in die Gruppe auf der Mole. Die vordersten fielen, wanden sich schreiend unter einem Hagel von gehacktem Blei, und die weiter hinten Stehenden wurden vom Heckgeschütz reihenweise niedergemäht.

Bolitho merkte plötzlich, daß seine Beine ihn hinter dem Leutnant her auf die Mole getragen hatten, obwohl er sich nicht erinnern konnte, daß und wie er über das Schanzkleid gesprungen war. Matrosen quollen aus allen Luken, sprangen mit wildem Hurrageschrei von Bord und stürmten auf die Hafeneinfahrt zu. Musketenfeuer empfing sie von der Mauer her, und einige fielen bereits, ehe sie zwanzig Meter zurückgelegt hatten.

Aber das Überraschungsmoment tat seine Wirkung. Vielleicht waren die Insassen der Festung auch sorglos und träge geworden. Zu oft hatten sie wahrscheinlich mit angesehen, wie verängstigte, verprügelte Sklaven über diese Mole getrieben wurden. Auf viele von ihnen wirkte die wilde Attacke der Matrosen, das tödliche Blitzen der Entersäbel und -beile so lähmend, daß sie sich von den Männern der *Gorgon* ohne Widerstand niedermachen ließen.

»Mir nach, Leute!« brüllte Verling – seine mächtige Stimme brauchte kein Sprachrohr. »Auf sie!«

Sie stürmten unter dem Bogengang hindurch und an einigen kleineren Booten vorbei; von der Festung her kam Musketenfeuer – die Besatzung schien jetzt begriffen zu haben, was vorging.

Keuchend, fluchend, atemlos fanden sich die attackierenden Seeleute schließlich zwischen zwei Wänden eingezwängt und kamen nicht mehr voran, weil sich ihnen von den oberen Mauern mehr und mehr Verteidiger entgegenwarfen.

Bolitho kämpfte Degen an Degen mit einem wüsten Riesen, der bei jedem wilden Hieb seiner schweren Klinge aus vollem Halse schrie und fluchte. Etwas glitt an seinen Rippen entlang, und er hörte einen Matrosen, es war Fairweather, hinter sich keuchen: »Nimm *das,* du Hund!« Was ihn berührt hatte, war Fairweathers Pike gewesen, die dem Matrosen fast aus den Händen gerissen wurde, als der Korsar mit einem lauten Schrei über die Treppenbalustrade in die Tiefe stürzte.

Aber rechts und links fielen Matrosen im Kampf. Bolitho spürte, wie seine Schuhe an hingestreckte Arme und Beine stießen, als er sich Schulter an Schulter mit Dancer und Hoggett vorkämpfte. Schon waren Entersäbel und Degen schwer wie Blei in ihren Fäusten. Ein Mann sank nieder und geriet unter die Füße der Kämpfenden. Bolitho konnte nur einen Blick auf ihn werfen: Es war Midshipman Pearce. Blut rann aus seinem Mund; die Augen waren schon starr und sahen nichts mehr.

Schluchzend, vom Schweiß halb geblendet, hieb Bolitho seinen Degen einem Mann an den Kopf, der einem verwundeten Matrosen den Todesstoß versetzen wollte. Der Mann taumelte zur Seite; Bolitho bekam festen Stand und jagte seine Klinge in die Achselhöhle des Piraten.

»Durchhalten, Leute!« schrie Verling. Er blutete an Hals und Brust und wurde durch eine Meute kreischender, säbelschwingender Piraten fast von der Hauptmasse seiner Truppe abgedrängt.

Bolitho hörte Dancer schreien und drehte sich um. Dancer war in einer Blutlache ausgeglitten und hatte seinen Entersäbel verloren, der klirrend außer Reichweite rutschte. Er wälzte sich herum und starrte mit schreckgeweiteten Augen auf einen Kerl in flatterndem weißem Gewand, der sich mit erhobenem Scimitar auf ihn stürzte.

Bolitho mußte erst einen Angreifer niederhauen, ehe er an Dancer herankam. Da wurde er zurückgestoßen: Tergorren brach wie ein Stier durch die Menschenmasse und hieb dem Piraten seinen Säbel quer übers Gesicht, das sich vom Ohr bis zum Kinn spaltete.

Und dann übertönte ein Trompetensignal den Kampfeslärm, und Bolitho vernahm die wohlbekannte, mächtige Stimme von Major Dewar, der kommandierte: »Marine-Infanterie zur Attacke, marsch!«

Bolitho zerrte seinen Freund aus dem Getümmel heraus; sein ganzes Inneres zog sich bei soviel Wut und Haß und Kampfgetöse zusammen.

Verlings kühner Angriff hatte einen ganz bestimmten Zweck gehabt: Die Hauptmasse der Piraten sollte aus der Festung herauskommen, um die Einfahrt vor der anstürmenden Mannschaft der Dhau zu verteidigen. Was die im Bauch des Schiffes versteckten Seesoldaten empfunden haben mußten, als sie hörten, wie ihre Tischgenossen und Freunde dort oben zusammengeschlagen wurden, während sie selbst auf das Signal zum Vorgehen warteten – das konnte sich Bolitho kaum ausmalen.

Aber jetzt kamen sie. Ihre roten Uniformröcke mit dem weißen Lederzeug glänzte in der Sonne; Verling schwenkte den Degen, um seine Leute von der Treppe zurückzurufen, und Major Dewar brüllte: »Erstes Glied – Feuer!«

Die Musketensalve fegte durch die dichtgedrängten Piraten auf den Stufen; und als die Seesoldaten ihre Gewehre neu luden und die Ladestöcke in einem einzigen Doppeltakt hinab- und wieder hinauffuhren, trat das nächste Glied durch die Lücken, kniete nieder, zielte und feuerte.

Das war mehr als genug. Kopflos flohen die Verteidiger durch den Eingang ins Innere.

Dewar hob den Degen. »Bajonett pflanzt auf! Marine-Infanterie – zur Attacke, marsch-marsch!« Und die Männer vergaßen alle Disziplin und rasten brüllend auf den Eingang zu.

»Hurra! Hurra!« Atemlos, blutend, senkten die Matrosen ihre Waffen und ließen die Seesoldaten vorbeistürmen.

Dancer sagte: »Wir wollen George beiseite schaffen.« Gemeinsam zerrten sie Pearces hingestreckten Leichnam in den Schatten der Mauer. Blicklos waren seine offenen Augen in den Himmel gerichtet; die schreckliche Starre des Todes lag bereits wie Eis über seinem Antlitz.

Hoggett brüllte: »Hier durch, Sir!« Er deutete auf ein großes, eisenbeschlagenes Tor. »Alles voller Sklaven!«

Noch zitternd stand Bolitho auf und faßte seinen krummen Entersäbel fester. Tergorren blickte zu ihm hinüber und fragte kurz: »Sind Sie in Ordnung?«

»Aye, Sir«, antwortete Bolitho mit unsicherer Stimme.

»Schön«, nickte Tergorren, »nehmen Sie ein paar Mann und folgen Sie den Seesoldaten...« Er brach ab. Ein Ton wie ferner Donner rollte über die Bucht auf das Festland zu. Dann – Krachen von berstendem Eisen und fallenden Steinen.

Verling wickelte einen Fetzen Tuch um sein blutendes Handgelenk und zog den Knoten mit den Zähnen fest. »Die *Gorgon* ist da«, sagte er, mehr nicht.

Eine Breitseite nach der anderen feuerte das Linienschiff in die Festungsmauern. Die Verteidiger merkten wenig von diesem Bombardement; aber sie wurden in der Festung von den brüllenden Seesoldaten zusammengehauen, und draußen warteten zwei intakte Kriegsschiffe – das reichte ihnen.

Oben auf den Stufen erschien Major Dewar. Sein Hut war weg, und er hatte einen tiefen Hieb über dem einen Auge. Aber er meldete freudig grinsend, die Verteidigung sei zusammengebrochen.

Zum Beweis seiner Worte sank die schwarze Fahne flatternd am Turm herab wie eine sterbende Krähe, und unter wildem Hurrageschrei stieg dafür ein Schiffswimpel der *Gorgon* auf.

Noch halb von Sinnen nach dem wilden Kampf stiegen sie die Stufen zur hohen Brustwehr empor, wo sich die unbemannten Kanonen ohnmächtig und ziellos auf das blaue Wasser richteten. Überall lagen Tote und Sterbende, aber es war auch mancher Rotrock dabei.

Bolitho und Dancer standen an der Mauer und blickten auf die Schiffe hinunter. Die Kontur der kleineren Brigg verschwamm bereits im Frühdunst, aber die *Gorgon* stand klar und prachtvoll vor dem blauen Himmel und näherte sich gravitätisch der Insel; die erschöpften Toppgasten refften die Segel, aber sie fanden Zeit, ihren Kameraden auf der Mauer zuzuwinken und Hurra zu rufen, wenn ihre Stimmen auch nicht zu hören waren.

Es war sehr still, und Bolitho sah, daß Dancer weinte – die Tränen suchten sich ihren Weg durch Schweiß und Schmutz auf seinen Wangen.

»Ist ja alles gut, Martyn«, sagte er.

»Ich denke an George Pearce«, entgegnete Dancer, »ebenso hätte es mich erwischen können. Oder dich.«

Bolitho wandte sich ab. Der mächtige Anker der *Gorgon* fiel eben klatschend in das spiegelglatte Wasser. »Ich weiß«, sagte er leise, »aber wir leben noch, und dafür müssen wir dankbar sein.«

Verlings Schatten vereinte sich mit dem ihren. »Verdammt faule Bande!« Er sah in die Gesichter der beiden. »Denkt ihr, ich kann alles allein machen?« Mit einem müden Lächeln blickte er an ihnen vorbei auf das Schiff. »Aber ich weiß schon, wie euch zumute ist.« Wie ein Schatten fiel der angespannte Ausdruck von seinen scharfen Zügen ab. »Hätte selbst nicht gedacht, daß ich die alte Dame noch einmal wiedersehen würde.«

Unvermittelt wandte er sich ab; und schon brüllte er seine Befehle in die Gegend. Nachdenklich blickte Bolitho ihm nach. »Da kannst du's mal wieder sehen. Man kennt einen Menschen doch niemals ganz genau.«

Sie stießen sich von der Mauer ab. Müde, aber gehorsam sammelten sich Matrosen und Seesoldaten unter der Flagge. Als Verling die Männer anredete, klang seine Stimme nicht anders als sonst.

»Bringt euch in Ordnung. Und merkt euch eins, aber merkt es euch gut: Ihr seid von der *Gorgon*. Das ist eine Verpflichtung, für deren Erfüllung ihr lebt, was schwer ist.« Ein ganz kurzer Blick auf Bolitho. »Oft genug passiert es, daß man sogar dafür stirbt. Jetzt legt die Gefangenen in Eisen und kümmert euch um unsere Verwundeten. Und anschließend...« Er schaute zu der ruhig wehenden Flagge auf und über sie hinaus in den blauen Himmel, schien sich zu wundern, daß er beides noch sehen konnte, »... werden wir uns denen widmen, die nicht soviel Glück hatten wie wir.«

Gegen Abend waren die meisten Verwundeten auf die vor Anker liegende *Gorgon* überführt. Die Gefallenen waren an der Mauer begraben; und Bolitho hatte gehört, wie ein alter Seemann, auf seinen Spaten gelehnt, sagte: »Um diesen Ort wird noch oft und oft gekämpft werden, schätze ich – deshalb werden die armen Kerls nächstes Mal von hier die beste Aussicht haben.«

Abendliche Schatten verdeckten die Spuren, welche die Kanonenkugeln der *Gorgon* gerissen hatten. Bolitho und Dancer standen Seite an Seite an der Backbordreling und blickten in die letzten Sonnenstrahlen, die um die tief hängende Flagge über der Mauerkrone spielten. Man hatte überall sorgfältig gesucht, aber keine Spur von Raïs Haddam gefunden. Vielleicht hatte er entkommen können, oder er war überhaupt nicht in der Festung gewesen. Die gefangenen Piraten wollten über ihn nichts aussagen, und schon gar nichts über seinen Aufenthalt. Sie hatte mehr Angst vor Haddam als vor den Siegern. Von denen konnte ihnen nichts Schlimmeres passieren, als daß sie gehängt wurden.

Das alles muß Kapitän Conway nun auseinandersortieren, dachte Bolitho, und vor Müdigkeit fielen ihm die Augen zu. Die Sklaven mußten aufs Festland gebracht werden. So viele Dinge . . .

Hinter sich hörten sie Schritte; sie wandten sich um und rissen sich zusammen, denn es war der Kapitän, der bei ihnen stehenblieb und zum Sprechen ansetzte. Er war untadelig gekleidet. Als ob nichts gewesen, als ob kein Mann gefallen wäre.

Unbewegt sah er sie an: »Der Erste Leutnant hat mir berichtet, daß Sie sich sehr gut gehalten haben. Freut mich zu hören.« Sein Blick schweifte ein wenig ab. »Er hat mir berichtet, daß besonders Sie, Mr. Bolitho, beim Kampf die besten Eigenschaft eines Offiziers der Königlichen Flotte an den Tag gelegt haben. Ich werde dem Admiral entsprechend berichten.«

Er nickte kurz und schritt nach achtern.

Dancer drehte sich um, aber sein Lächeln schwand, als er sah, daß Bolitho sich über die Reling beugte und daß seine Schultern krampfhaft zuckten.

Aber Bolitho weinte nicht etwa – er konnte nur sein Lachen nicht unterdrücken. Beruhigend legte er Dancer die Hand auf den Arm. Zwischendurch gelang es ihm, Dancer zu erklären, warum er so lachen mußte.

»Es hat sich was geändert, Martyn. *Jetzt weiß der Kapitän endlich, wie ich heiße!*«

Bitte beachten Sie
die folgenden Seiten